集英社オレンジ文庫

さようなら、君の贖罪

半田　畔

本書は書き下ろしです。

Contents

第一章

はじめまして、彼女の翼

朝食を済ませて、登校の準備をしようと自室に戻ると、目の前にアザラシがいた。

ドアの開く音に反応したのか、体を横たえたまま、顔だけを起こして僕を見つめてきた。アザラシは鼻とヒゲをひくひくと動かす。僕の正体が何者なのか、警戒に値する存在なのかを匂(にお)いで判断しているみたいだった。部屋にアザラシがいる。

アザラシから目を離さないようにしながら、リビングにいる母親を呼ぶ。

「母さん！」

「何よ佐久(さく)、大声出して。制服ならハンガーにかかってるでしょ」

「い、いや、そうじゃなくて……」

「仕事遅れそうなの。探しものなら自分でやって。あんた得意でしょ」

取り合ってくれそうになかった。部屋のなかにいるアザラシをいま見せてしまったら、母親の遅刻は確定してしまうだろう。女手ひとつで育ててくれている親に、たかが朝から部屋にアザラシがいるくらいのことで時間を取らせたくなかった。助けてくれ。

仮に母親を呼び出せても、きっと叫び声をあげて、マンションの近隣から苦情を受けることになるかもしれない。僕は部屋にいるアザラシを自分で対処するしかなかった。

「ぶふぅ」と、アザラシが鼻を鳴らした。

　顔の形や表情は昔飼っていた犬によく似ている。雑種犬で、散歩があまり好きではない犬だった。時計の針を見つめるだけで遅くしてしまうような、のっぺりとした顔。

　だけど目の前にいるのは雑種犬ではない。明らかにその辺の住宅街を散歩で歩くような体をしていない。パンパンに膨らませたラグビーボールだ。表面は淡い灰色をしていて、独特の光沢がある。僕はいままでアザラシというものを間近で見たことがなかった。てっきり体はつるつるとした皮膚でおおわれているかと思っていたが、部屋に居座るアザラシを見る限り、しっかりとした毛並みがあるようだった。

「ぶふぅ」と、もう一度アザラシが鳴いて、体の向きを変えた。一八〇度回転し、僕に背を向ける。動いたことで潮の香りが鼻をついた。深く冷たい水の底から、たったいま引き上げられたような、濃い匂いだった。そしてアザラシとの視線が外れたことで、僕はようやく、部屋にアザラシ以外のものがあることに気づいた。

　部屋は変わり果てていた。生まれ変わっている、と表現したほうが近いかもしれない。とにかく、僕が朝起きたときの部屋とはまるで違っている。アザラシの次に気づいたのは、窓に信号機が立てかけられていることだ。部屋に信号機がある。

「……信号機？　信号機だよな、え、なんで信号機？」

日本語として成立するぎりぎりの独り言が、むなしく部屋に響く。母親は廊下を走りさり、すでに玄関のドアを開けて仕事に行ってしまった。

丸い球体が三つ、それぞれに日よけ用の傘がついている。金属の枠でおおわれていて、雨風にさらされたのか、ところどころが錆びていた。電気が通っていないから、球体は点灯していない。いまは部屋の窓によりかかり、眠ってしまっている。

見覚えのない段ボール箱が四つほど、積み重なっておかれている。よくわからない言語と、英語がそれぞれ記入されたシールが表面に貼られていた。絶対になかを見たくなかった。

ベッドの近くにあるのは自転車だった。小さい自転車で、ピンク色の補助輪がついている。そろそろ頭がおかしくなりそうだった。

アザラシのすぐそばにボストンバッグが置かれている。わずかに開いていて、そうっとのぞくと、札束が見えた。札束の山。紙幣は日本のもの。本物かどうかはわからない。確認したくないので、ほかの場所に視線を逃すと、そこにも見慣れないものがある。床に無造作に転がっているのは、何かの絵画だった。

いよいよ叫びそうになる寸前、ベッドの上の毛布がもぞもぞと動きだした。毛布をかき分けて姿をあらわしたのは、一人の女子だった。少し目を離した隙に情報過多になっていた僕の部屋に、いまこの瞬間まで、ほかの人間がいるのに気付けなかった。

彼女はチェック柄のオレンジのパジャマを着ていた。寝ぞうの悪さのせいか、お腹の部分がはだけて露出している。普段、それほど外出していない人の肌だった。

「んん……」

立てかけられた信号機の間を抜けて、わずかに差し込んだ日差しが彼女の顔に当たる。うめき声をあげて、まぶたをこすり、とうとう起き上がった。肩までかかる程度の髪。寝癖であちこちが跳ねている。額の近くが特にひどく、風を真正面から受けたような髪型になっていた。あごに小さなほくろが見えて、それが印象的だった。

寝癖女子はぼうっとした表情で、部屋の入口で立ち尽くす僕と顔を合わせる。彼女の意識がさえるのを静かに待った。僕にはそれしかすることができない。

やがて意識が鮮明になっていくのが、その目の色でわかった。こちらを認識し、そのあと床にいるアザラシを見た。窓に立てかけてある信号機、ボストンバッグ、積み上げられた中身のわからない段ボール箱。絵画。僕が視線を移動していったのと、ほぼ同じ順番で部屋の異状を確認していった。

「ここどこ！　あああ、う、あなた誰！」

「僕がいま訊こうと思っていた」

根拠もないのに、この女子が事情をすべて知っていて、説明してくれるものだと思ってしまっていた。いまの反応を見る限り、淡い期待に終わるかもしれない。そう思ったが、しかしだんだんと、彼女の顔が青ざめていくのがわかった。原因に心当たりがあって、そこに自分が関わっているのを認める表情だった。

「やってしまった、ああ、どうしよう。ああ、ああああ……」

「ひとまず、落ち着いてくれ」

呼びかけると同時、足もとのアザラシが「ぶふぅ」と鳴き、足のひれをぱたぱたと震わせた。お前に言っているんじゃない。

「きみはどうして僕の部屋にいるんだ」

「ここはどこ！」

質問を質問で返されてしまう。自分よりも狼狽(ろうばい)しているひとを見たおかげで、僕は少し冷静になることができたが、向こうはそれどころではないようだった。演技ではないかと一瞬疑ったが、唇の端が痙攣(けいれん)しているのが見えた。

「ここは神奈川県だよ」

「かながわけん！」

「川崎市だ」

「かわさきし！」

「ここは母親と住んでるマンションの、僕の部屋だ」

「まんしょん！」

こちらよりも大きな声量で必ず言葉を反復してくる。

女子はベッドから飛び出し、信号機のわきから窓の外をのぞく。公園だ、と安堵のため息をついたのが見えた。ここがどこかわかったらしい。それも彼女の、よく知っている場所なのだ。

「ねえ。きみは」

話しかけようとした瞬間、彼女が飛びつくように、近くにあった信号機に手を触れた。信号機に触れたまま、目をつぶるのが見えて。

そして、消えた。

パジャマのはだけた女子と、信号機が、一瞬で消えてしまった。そこにあった物質がなくなったことによって、真空を埋めるように空気が集まり、風が吹く。寝ていたアザラシが様子に気づき、起き上がった。僕もアザラシも呼吸が乱れる。

呆然としていると、パジャマ女子がまたあらわれた。今度はまわりの空気を押しのけるようにやってきて、その風が頬をなでる。あまりにもリアルな感覚だった。

　戻ってきた女子は、間髪を容れず、今度は自転車と絵画に触れる。そしてまた消える。片付けているのだと、直観的にわかった。彼女はこの部屋に散らかっているものを、消していっている。

　戻ってきた彼女が次に触れたのは段ボール箱。彼女が祈るように目をつぶると、またこつぜんと、姿を消す。足もとのアザラシが前ひれを使って自分の体を叩き始めた。ぱん、ぱん、と乾いた音が部屋に響く。威嚇か何かだろうか。

「ごめんなさい、ごめんなさい」

　つぶやきながら、部屋にあふれるものを次々と消しては、戻ってくる。僕が気付けなかったものまで目ざとく気づき、彼女はどこかに消す。消すというより、移動させているのかもしれないと、ぎりぎり働く頭で考える。

　そしてとうとう、部屋に残る異物がアザラシだけになる。片付けを締めるために、彼女がそうっと近づくと、アザラシが警戒でまた鳴きはじめた。僕の前でしゃがみこみ、触れようとするが、アザラシは顔をつきだして彼女を噛もうとする。それでも彼女はあきらめない。

　やがて根負けしたアザラシが警戒を解き、寝そべり始めたところで、彼女は灰色の毛でおおわれた体に手を触れた。

「お、お邪魔しました」

最後にそう言い残し。

そして、すべてが消えた。


「それが遅刻の理由？　佐久にもユーモアがあったんだね」

「本当なんだってば。たぶん、だけど」

「せっかくあたしが一時間目から学校に来たのに、あんたは遅刻。その理由が、部屋にアザラシ？」

「それと信号機。あと絵画と自転車と、それから……」

「あーはいはい、もういい。わかったよ、許す許す」

蓮野江奈（はすのえな）は僕に背を向け、竹箒（たけぼうき）で掃除（そうじ）を始める。中庭の落ち葉が散らからないように掃除をするのが、僕と蓮野、緑化委員の仕事だ。部活動に入らない僕らはほぼ毎日、放課後はこの緑化委員の活動をしている。

中学からの付き合いで、この高校にいる唯一の友人である蓮野に信じてもらえなければ、僕はもう、この学校の誰にも朝の光景を説得できる自信がなかった。

「まったく、送ったメッセージもぜんぶ無視だし。事故か何かに巻き込まれたのかと思った。心配を返せ。利子つけて返せ」

「ある意味、事故には巻き込まれたよ。携帯はなくした」

「なくした？」

「どこを探しても見つからない」

　あのあと、小一時間ほど部屋を歩き回り、状況の整理をしていた。自分の記憶や意識に問題はないことを何度も確かめた。そうやって過ごし、ふと時計を見るととっくに登校時間を過ぎていて、制服に着替えて家を出ようとした。そのときになって、自分の携帯が枕元からなくなっていることに気づいた。

「きっと持ってかれたんだ、あの女子に」

「今日はずっとその言いわけで通すつもりなんだね。あたしも遅刻したら今度使おう。テレポート女が部屋を荒らしていって準備に遅れましたって」

「テレポート？」

「だってテレポートじゃんそれ。違うの？　そういう設定じゃないの？」

竹箒をこちらに投げてくる。休憩（きゅうけい）の合図だった。中庭の掃除が終わると、僕らは校舎裏のスペースに移動する。

蓮野は呑気(のんき)に前を進む。二人分の竹箒を持つ僕にペースを合わせる気はない。鼻歌を歌いながら、髪を指で巻く。そうやっていじる癖(くせ)がついているせいで、彼女の黒髪は常にパーマがかかっている。跳ねる毛先が、朝見たあの子の寝癖と重なる。

「やっぱり、見間違いかな」

「携帯見つかるといいね」

「でも僕が見間違えるはず、ないんだよ」それには確信を持って言えた。

「あんたは確かに特別な力を持ってるけど、見たものすべてが真実とは限らない」

「僕は別に……」

特別。

他と違う。

普通ではない。

そんな何気ない単語から、記憶が引き出されていく。小学校。先生が僕にかけた言葉。

そしてクラスメイトが、僕にかけた言葉。そのあとの行動。過去が僕の肩に指を置く。その指の力が強くなり、振り向かせようとしてくる。

意識の奥に入り込みかけた僕の頭を、蓮野が軽く小突いてきた。ありがとう、と言うと、別に、となんでもないように返してくる。

校舎裏につくと、蓮野は非常階段の段差に腰掛ける。ブレザーのポケットから小さなスケッチブックとボールペン、それから鉛筆を取り出し、適当にスケッチを始めた。絵は彼女の武器だった。僕に絵の才能はないので、おとなしく竹箒で、落ち葉を払う。

「今更だけど、絵が描けるなら、蓮野は美術部に入ればよかったのに」

「集団とその規律のなかで絵を描いて何が楽しいの?」

「それは、互いを高め合ったりとか、刺激を与えあったりとか」

「与えるだけなんてごめんよ」

絶対的な自信を持つ言葉。同じ高校生から学ぶことなど何もない。おそらく彼女には、それを言う資格があるのだろう。少なくとも、いまはまだ。

「中学の頃はコンクールで賞も穫ったじゃないか。部活に入ってみんなに話せば、認められて、ちやほやされそうだけど」

「それで満たされるなら絵なんて辞めてやる。それにあたしが賞を穫ったときのことを忘れたの? あのときも美術部には所属していなかった」

「そうだったな」

「どこかの帰宅部の、名前も知らない誰かが、ある日ぽんと絵を出して、美術部員を全員蹴散らし、そして賞を穫る。そういうのがやってみたかったから。ぬるま湯につかってるやつらを、努力でねじ伏せる」

「いい性格してるよ」

「この高校でもお楽しみに」

おかげで蓮野は孤立した。中学の後半は、ほとんど誰とも口を利いていなかったという。そして同じく孤立していた僕は、彼女と意気投合した。この高校でも。

特別という言葉を「普通と外れる」という意味で単純に解釈するなら、蓮野も僕以上に特別な女子だ。授業はたまにしか出ない。制服は一応着ているが、常に校則違反のパーカーも身につけている。学校にいるほとんどの時間は絵を描いている。緑化委員に入ったのは、静かな場所で過ごせるのと、部活に入らない言いわけを持てるから。そして僕も、この場所のほうが居心地がいい。

「蓮野は将来、大物になりそうだ」

「もしくはとんでもないクズかも」

「自分で言っていいのか」

「普通なんていうあいまいなものに振り回されるより、よっぽどマシ。身の程知らずで、分別わきまえず、非常識で傍若無人。そういうイタイやつになれるのは、あたしたちの特権でしょ」

よどみのない口調で、言いきる。蓮野の言葉はたまに魔法のような効力を発揮する。中学時代も、そんな彼女の一言に助けられてきた。普通と少しずれていて、自分が無価値に思えた時期。いまは乗り越え、学校に登校したいと思える程度には自信もついた。

迷いがなく、鉛筆を紙に走らせる音が心地好い。音楽を奏でるみたいに、僕もそこに、竹箒の掃（は）く音を乗せてみる。「うるさい邪魔」と怒られた。

手を止めて休んでいると、ふと、朝の女子がまた頭をよぎった。

姿を消してはあらわれて、ものを片付けていった彼女。ごめんなさい、ごめんなさい、と何度もつぶやいていた姿。現実なのか、幻なのか。蓮野にたしなめられて、僕は自分が見たものに自信をなくしかけている。でももし、存在しているなら。

あの子は自分自身のことを、どう思っているのだろう。

もう少し描いていくと未来の天才画家が言うので、ひと足先に上がらせてもらうことにした。

「明日の遅刻の理由も楽しみにしてるよ。超能力少女の次は人魚でも登場するのかな？」

「たとえ吸血鬼が出たってきみには話してやらない」

教室に戻ってカバンを取り、学校を出た。母親から夕飯の買い出しに関する連絡が来ていないか、携帯を確認しようとしたが、そういえばいまは失くしていた。あれば困らないけど、なくても慌てるほどのものではない。連絡を取る相手もそれほどいないし、このまま携帯を手放すのもありな気がしている。ソーシャルゲームができなくなってしまうのは少しだけ残念だ。

放課後と呼ぶには時間が過ぎているし、部活終わりにもまだ早い。そんな中途半端な時間だったので、最寄りのバス停には誰もいなかった。やってきたバスには、親子連れが多くいた。このひとつ前のバス停が動物園なのだ。学校との距離も近いので、授業中にたまに動物の鳴き声が聞こえてくることもある。

二〇分ほど揺られて駅のロータリーにつく。商店街を抜けて、そこからさらに数分歩くと、閑静（かんせい）な住宅街になる。丘を少し上がったところに僕の住むマンションはある。公園を横目に坂を上がっていく。

その途中、前を歩く女子に気づく。買い物帰りだろうか、両手に袋を抱えていた。不思議だったのは、持っているのがスーパーで肉やアイスを入れるような薄い袋だということだ。持ち手のある通常のビニール袋はなく、直で薄い袋を握っている。おかげで中身が見える。袋には大量の魚が詰め込まれていた。

ひとつ先の十字路を女性が右に折れる。その横顔を見て、あ、と思わず声が出た。間違いなかった。朝、僕のベッドにいたあの女子だった。

「ちょっと！」

思わず呼び止めるが、声は届かなかった。女子はそのまま道を進んでいく。そこは僕の住むマンションへの帰り道と同じ方向だった。

十字路を右に折れて、彼女を追いかける。両手に魚を詰め込んだ袋を持つ女子は、まさにマンションに入ろうとしていたところだった。同じマンションの住人だったのか。再び気合いをいれて走る。追いつこうと頑張るが、エントランスにつくころにはすでに姿はなかった。部屋番号と暗証番号を入力し、オートロックを外してなかに入る。

一番近くのエレベーターを見ると、稼働（かどう）しているのがわかった。エレベーターは七階で停まった。僕の住んでいる階の二つ上だ。彼女が乗った可能性にかけて、エレベーターを呼び、同じ階を目指す。どうして僕は、ここまで必死になって追いかけているのだろう。あれが夢ではなく、現実に起こったことだと、もう一度確かめたいからかもしれない。

エレベーターに運ばれ、七階につく。ドアが開くと同時に飛び出す。廊下（ろうか）を左右、顔を向ける。すると右側、歩いている彼女を見つけた。彼女は自分の部屋の前で立ち止まっていた。両手は魚でふさがり、鍵がなかなか取り出せずにいるようだった。距離をつめるならいまだった。

「ねえ、そこの」きみ。と、声をかけようとした瞬間だった。

彼女の姿が消えた。

手に持っていた魚の袋ごと、その空間からいなくなってしまった。同じだった。朝、部屋で見たのと同じ光景。

いま消えたばかりの、その部屋の前まで移動する。角部屋から三つ目の位置。ここは五階にある僕の部屋と、同じ位置だった。真上に彼女はいた。７１９号室。その横の表札には『卯月』とある。卯月。彼女の苗字は卯月。

インターホンを押そうとして、ためらう。坂の途中からここまで追いかけてきてしまったが、これではストーカーだ。蓮野がそばで見ていたら本気で頭を心配されていたかもしれない。

自問する。これは現実か、それとも幻か。今朝から僕の調子がおかしい可能性も捨てきれない。現実と幻の両方を天秤に載せてみるが、どちらかが極端に傾むくことはなかった。蓮野にメッセージを送って相談したかった。だけど携帯がない。

携帯。

そう、携帯だ。僕にはインターホンを押す大義名分があった。

決めてからは早く、インターホンは僕の住む部屋と同じ音を鳴らして、主人を呼び出した。声が応答するのを待ったが、なんと予想外なことに、本人がドアを開けて出てきた。オートロックがあるとはいえ、不用心すぎる。

不意打ちを食らって、僕は思わず言葉が出なくなってしまう。向こうもこちらの正体にすぐに気づいたようで、目を丸くしていた。そして朝見たように、表情をどんどん曇らせていく。ドアノブを握る手に力がこもるのがわかった。閉めようとするのとほぼ同時に、僕はドアを押さえる。

「け、けけけ、警察！　呼びますから！」

「誤解だ！　朝のことで話があるだけだ」

「アザラシのことなんて何も知らない！」

「まだアザラシのことなんて言ってない」

「ふぬぅぅ！」

変なうめき声をあげてくる。

そして幻ではなく、現実だった。一瞬のやりとりで証明された。僕が思うよりもずっと早かった。卯月という苗字のこの子の素性や性格が、だんだんと見えてくる。

「きみがいま、玄関の前で消えたのも見た」

「太陽光の反射で目がくらんでそう見えただけ」

「じゃあこれならどうだ。きみは僕の携帯を持っていったはずだ。それを返してもらいたい。もし勘違いならいくらでも謝る」

「あ、え？　あれってあなたの？　というか、あなたは」

「川島佐久。５１９号室に住んでる」

彼女の足元、玄関口に、自転車が置かれているのが見えた。ピンク色の補助輪がついている自転車。朝、僕の部屋にあったものだ。

「ちょっと待ってて」

ドアノブから手を離し、彼女が廊下の奥へと消えていく。明かりがついていないのでよく見えない。金属のこすれるような音や、重いものが落ちるような音、ペットボトルが転がる軽い音も聞こえてくる。なかにいったい何があるのか。どれだけのもので散らかっているのか、音の正体のひとつだけでも突き止めようと考え始めたところで、彼女が携帯を持って戻ってきた。

「ごめんなさい」

「いや、いいんだよ。ありがとう」

「それじゃあこれで」

「いやいや待って」

　そう簡単に引き下がれるような状況じゃない。説明らしき説明が、何ひとつ果たされていない。義務があるとまでは言わないけれど、追求する権利くらいはあると思った。たとえば、スーパーマーケットのサッカー台でたまたま隣どうしになり、僕が置いていた携帯を彼女が間違えて持って行ってしまったとか、そういう関係ならまだわかる。しかしこの携帯は僕の部屋から消えた。彼女とともに消えたものだ。アザラシや信号機、絵画、その他たくさんの異物とともに急にあらわれ、消えていったのだ。

　事情を知りたい、と目で訴えると、彼女はうつむいてしまった。髪に覆われ、その瞳が隠れてしまう。寝癖が直っているその髪は、さらさらとしていて、軽い糸のカーテンを見ているようだった。僕は彼女が応えるのを待った。

「お願いです。どうか誰にも言わないで」

「ち、違う。別に脅しているんじゃないんだ。ただ知りたいだけ」

「バレたらここを出ていかなくちゃいけなくなる」

　そのときだった。

　部屋の奥から、「ぶふぅ」という鳴き声が聞こえてくる。アザラシだとすぐにわかった。

僕の携帯を探していたときに彼女の出していた物音のどれとも違っている、生き物独特の呼吸音だ。

「あのアザラシ、ここにいるのか？」

「魚を食べてくれなくて」

今にも泣きそうな声だった。

「どうしよう、死んじゃうかも。どこに帰せばいいのかもわからない」

「部屋に入っていいか？」

「え」

「僕も部屋に入っていいか？　何か手伝えるかもしれない。部屋に入れてくれたら、このことは黙っている。絶対に」

「それ脅し……」

確かにそのとおりだ。脅さないと言った一分後に僕は脅しをかけていた。もう何も言いわけできない。素直に認めて、出直そうとも考えた。しかし彼女は体を一歩引いて、僕が入るためのスペースをつくってくれた。自分の保身よりも、アザラシの身を優先することを決めたようだった。

「ちょっと狭い」

彼女はシンプルに言った。

廊下を進むと途中、何かが足にぶつかった。固いものだった。歩きやすいよう、彼女は明かりをつけてくれた。広がる光景に、息を呑んだ。

廊下には統一感や規則性のない、あらゆる品物が転がっていた。僕がいま足をぶつけたのはベンチだった。木製のベンチが廊下をふさいでいた。どう考えても、インテリアとしてここに配置したという風ではない。置く場所がないからここに置いている。

彼女は慣れた動作でそれを乗り越え、進んでいく。僕もその動きを覚えて同じ方法で進んでいく。覚えるのは得意だった。そう、昔から。

奥のリビングにはさらにものがあふれていた。さっきの信号機もものに埋もれて見つかった。一つひとつを見ていけば、間違いなく陽が暮れる。陽が暮れるどころか日をまたぐ。きっと深夜になる。だから、彼女を悩ませている問題のアザラシを間近で見ることにした。

アザラシはリビングの隅の、プラスチック製の衣装ケースのなかにいた。

「ぶふぅ」

「やあ、さっきぶり」

一瞬だけ顔を起こして目が合うが、またそらされる。ケースのなかにはアジが数匹転がっているが、どれにも食べたようなあとがなかった。ケースの外には袋に詰め込まれた残りの魚が無造作に放られている。

「なるほど、それであんなに魚を持っていたのか」

「弱ってそうだったから、何か食べさせないといけないと思って。でも、ぜんぜん食べてくれない。どんどん動きも小さくなってる。このままじゃ……」

彼女が言うように、アザラシは魚に興味をしめしていない。空腹を抱えているわけではない。このアザラシが求めているのは、おそらく、元々いた場所に帰ることだろう。動物に詳しいわけではないけど、僕がアザラシならそう思う。この室温も、湿度も、海のない環境も、自分には適していない。

「制御できなくなる」

ぽつり、と彼女が言った。聞き逃すまいと、一言一句、耳を傾けた。すべてを信じるかどうかはあとまわしだ。まずは情報をそろえる。そして吟味する。

彼女は続ける。

「心が落ち着かなくなったりすると、知らない間に、勝手にどこかに飛ぶ。それで、いろいろなものを持ってきてしまう。このアザラシも」

「僕の部屋にやってきたのは、力が暴走したから？」

「いつもは暴走しても、無意識に家には帰ってこられる。でも今朝は間違えた。位置は合っていたけど、高さを間違えた」

　朝の彼女を思い出す。彼女はパジャマを着ていた。自分の部屋であることを疑っていないような態度だった。自分がどこかの誰かの部屋に、異物とともに迷い込んだのが、すぐに理解できていない顔だった。

「精神が不安定になるときみは飛ぶ。今朝の原因は？　何がきみを不安定にさせた？」

「嫌な夢を見た」

　端的に彼女は答えた。それ以上、先の説明はなかった。話し方のトーンや、いま、この部屋にあふれているものから判断すると、その暴走は何度も起こっているものらしい。

「力を溜めておくのもよくない。だから定期的に使う。さっき玄関の前で消えたのはそれが理由。日常生活をさぼろうとか、そういうことじゃない」

　しだいに口調が強くなっていった。特に最後は、弁解のための強い意志を感じた。そこは彼女の琴線(きんせん)なのだとわかった。僕は話題を変えることにした。

「アザラシを元には帰せない？」

「住んでるところがわからないの」

「生息地がわかれば、きみは元に帰せる？」

「たぶん。写真や映像があれば」

「じゃあ調べよう」

返してもらったばかりの携帯を使う。アザラシの種類や画像をかたっぱしから調べて、目の前にいるこの子と合致するものを選ぶ。

蓮野が言っていた、あの言葉を思い出す。テレポート。漫画やアニメ、映画から飛び出してきたような、フィクションをまとった言葉。僕は段々、それを受け入れ始めている。彼女が朝見せてくれたように、アザラシとともに空間を飛ぶ姿が想像できる。

「パソコンがある」

「助かる。そっちで調べよう。携帯だと画面が小さい」

彼女が用意してくれたパソコンはすぐにネットにつながった。近くの椅子とテーブルを引っ張り出し（この家にもともとあったのか、それとも持ってきてしまったものなのかはわからない）、僕らは同じ画面を見ていく。アザラシの画像を検索し、かたっぱしから、該当するものを探していく。

「どうして？」

彼女がつぶやいた。純粋な疑問が、うっかり口から漏れたような様子だった。彼女はそんな自分に戸惑いながらも、こう続けた。

「どうしてあなたは手伝ってくれるの？　驚かないの？　怯(おび)えないの？　逃げたりしないの？　誰かに話したりしないの？　通報しないの？」

「いっぺんに質問されても困る」

「あなたはほかのひととは違う」

いままで出会ったことのないタイプ。そういう意味合いで言ったのだろう。けれど僕の耳には、意識には、別の言葉がよぎってくる。特別。ひとと違う。

僕はパソコンを操作する手をとめ、部屋を眺める。そしてすぐ近くに本棚(ほんだな)があるのを見つけた。最近のベストセラーや近代文学がほどよく並んでいる棚だった。何かの見本のような本棚だと思った。普通ではない自分を隠すための、カモフラージュにさえ見えた。

「そこの本棚から適当に一冊取って。なんでもいい」

「なぜ？」

「きみのさっきの質問に答えるため」

彼女は迷いながらも、本棚から一冊を取り、戻ってきた。薄い文庫本で、阿部公房(あべこうぼう)の『箱男』だった。大丈夫。読んだことがある。

「新潮文庫だね。刷り数は？」

「五十六刷って書いてある」

「うん、なら大丈夫。じゃあ適当にページを言って。なんでもいい、好きな数字」

「……四四」

「『空気銃を持出すところまで彼を追いつめる前に、何か口を聞いてやるべきだったのだろうか』」

僕が暗唱したのは、四四ページめの冒頭だ。おそらく合っている。証拠に、彼女はぽかんと口を開けている。表情がわかりやすい。

「七八」

「『とつぜん彼女が、踵を軸にして、くるりと後ろ向きになった。』」

彼女は『箱男』をテーブルに置き、さらに二冊目を出してくる。ハードカバーの単行本。ユヴァル・ノア・ハラリの『サピエンス全史』。最近のベストセラーの本だ。

「一七四ページの、六行目は？」

「『不幸なことに、複雑な人間社会には想像上のヒエラルキーと不正な差別が必要なようだ』」

「ぜ、ぜんぶ覚えてるの？」

「一度見たものなら。きみと僕の本の好みが似ていてよかった」

直観記憶。もしくは瞬間記憶。

妙にもの覚えのいい僕を親は不審がり、一度病院で診察してもらったことがある。そのとき診察した医師の苗字も、着ていた白衣の襟のところにシミがあったのも、すべて覚えている。座っている椅子は動くときしんで、キーキーと音がした。一〇年前の七月四日。午後一時一三分。秒針は三五秒を指していた。

小学校三年生のとき、担任だった先生は僕に言った。

「きみは特別だから。ほかの子とは違う。だから気をつけて」

最初は言った意味がわからなかった。ひとと違うことは気持ちが良かったし、特別という響きもなんだか、どこかの物語の主人公になったようで、自信があきれるくらいにわいてきた。だけど先生の言った言葉の意味が身にしみるまで、そう時間はかからなかった。そのあと僕は不登校になる。

意識をいまに戻す。まわりを見回し、現実の光景を吸収する。彼女がいる。衣装ケースのなかではアザラシが眠っている。

「話が本当なら、きみは空間を飛び越えて瞬間移動する。僕のはそんな風に、派手に特別というわけじゃない。けど、ひとと違うときに陥る気持ちなら、わかると思う」

「私は、……普通じゃない」

「それが手伝う理由」

卯月さんは自分の力に悩んでいるようだった。だから決して口にすることはないけど、本音を言えば、僕は少しだけ、嬉しいと思ってしまっている。自分よりもさらに特別な相手がいて、安心したのかもしれない。

そして知りたかった。力は本当なのか。本当だとしたら、その力を持つ卯月さんはどんな人物なのか。だから僕は、アザラシの種類を調べている。

アザラシと検索した画像ページの、何百枚目かに、その写真はあった。衣装ケースのなかに横たわるアザラシと特徴がよく似ていた。肌の色。顔の形。これだ、と二人で同時に口にした。

「カニクイアザラシ」卯月さんが検索結果を告げた。

「生息地は、南極大陸周辺」

「どの辺に行けばいい？」

「ピンポイントでなくても、彼らなら勝手に移動するんじゃないかな。群れを形成するわけではなく、単独で生活、ともある。南極大陸のどこかなら」

「じゃあどこか適当に場所の写真を」

「ひとつ確認だけど、きみはこんなところまで飛べるのか？」

「少し疲れるけど問題ない」

彼女はいくつのときから、この力があったのか。抑えようとしていた疑問が噴き出しかけていた。好奇心をぐっとこらえる。無遠慮（ぶえんりょ）な質問は自分の品位を落とす。そして代わりに、壁のフックにかけられている制服に気がついた。見覚えのある制服だった。

「同じ高校だったんだ。学年は？」

「二年」

「へえ、学年も同じだ、僕はA組」

「私はB」

「同じ高校で同じ学年の女子が、いまから南極大陸に行くのか」

それも一瞬で。

僕はいまから奇跡を目にする。

特別な光景に立ち会う。

だけど当の本人は、それをちっとも誇りには思っていない。力について語るとき、彼女はうつむく。ひとと目を合わせない。ズボンをまくりあげ、膝にできた傷をそっと見せてくる、そんな光景がよぎる。

「この子を返してくる」

「一人で?」

「いつも一人」

　卯月さんは椅子から立ち上がる。それから床に転がってものを隅に寄せ始めた。ダンベル、スピーカー、車のタイヤ、そのほかもろもろ。見ているうち、スペースをつくっているのだとわかった。帰ってくるためのスペース。

「僕も何か手伝うよ」

「いい、大丈夫」

　彼女はパソコンに映し出された南極大陸の画像を何度も確認する。着地点とするための、適切な場所を探しているようだった。やがてパソコンから視線を離し、とうとう、アザラシのほうへ向かいだす。

　足音に気づいたアザラシが身を起こす。ぶふぅ、ぶふぅ、と鳴き始める。前ヒレを使い、体を叩き始める。警戒の仕草。彼女はアザラシの前にしゃがみこみ、警戒が解かれるのをゆっくり待った。

「ごめんね。こんなところに連れてきてしまって。いま帰すから」

　つぶやいたあと。

　伸びた手がアザラシに触れ。

そして、消えた。

飛んだ。

彼女とアザラシの消えた空間を、瞬時に空気が埋める。神様が不都合な真実を隠すみたいだった。衝撃で風が吹き込み、室内の埃が少し舞う。

彼女が戻ってくるのを待つ。どれくらいで帰ってくるだろう。数秒か、数十秒か。いまはどれくらい経ったのか。

呼吸を忘れて、ただひたすら待った。いまごろ彼女は南極大陸にいる。そういうことになっている。そういえば服装に問題はなかったのだろうか。短パンにスパッツ、それに薄手のトレーナーが一枚だけ。このあたりの住宅街を歩くなら問題ないが、南極大陸へ向かう格好では明らかにない。数秒なら大丈夫なのか？

そろそろ本当に心配になりかけた、そのときだった。

激しい音を立てて、彼女は戻ってきた。彼女は床に転がり、体にまとっていた海水が床一面に広がっていった。衝撃で水が跳ねて、僕の頬に数滴飛んだ。

「卯月さん！」

駆けより、肩に手をかけるが、あまりの冷たさに思わず手を離してしまった。卯月さんは一言も発さず、がたがたと震えている。南極大陸の、どこかの海に浸かったのだ。

本当だった。ああ、本当だった。彼女の力は本物だ。卯月さんは、ほかのひとにはない翼を持っている。

僕は急いでリビングを出る。浴室に入り、シャワーを全開にした。十分な温かさになったことを確かめて、卯月さんのもとへ戻る。

「卯月さん、このまま浴室へ。体を温めないと」

「か、かかかか、か帰してきた。でもちょっと着地点がずれて、でも、アザラシは元気に泳いでいったからら、だ、大丈夫」

「きみが大丈夫じゃない」

体が震えるせいでまともに言葉が発せられない。彼女を引っ張り起こし、そのまま浴室に向かわせた。浴室の床にへたりこんだまま、シャワーを浴びる。服を脱ぐように言うと、意識がまともにまわっていないのか、僕の目の前で脱ぎ始めようとした。あわてて浴室の戸を閉めた。

着替えだ。着替えを用意しないといけない。でもどこにあるのだろう。

リビングに戻り、すぐ横に部屋があることに気づいた。引き戸を開けると、彼女の部屋があらわれた。リビングや廊下とうってかわり、ここはもので散らかっていなかった。プライベートスペース。聖域だと理解した。ここだけは、ものの侵入を許さないという強い意志を感じる。

ベッドに、朝会ったときに着ていたパジャマが放置されていた。ひっつかみ、持っていく。浴室の前まで戻ると、曇りガラスの向こうで、うっすらと、床に座ったままの彼女が見えた。背中の肌色が目について、顔をそむける。

「き、着替えをここに置いておくから。パジャマを持ってきた」

返事がなく、心配になる。僕は続ける。

「温かい飲み物は？　キッチン、入っていいなら……」

「もう帰って」

小さい声だった。でも、はっきりと、耳に届いた。それは自分を呪う言葉だった。どこまでも自分を責める言葉だった。

「こんな力、いらない。欲しくて持ってるんじゃない。迷惑をかけてばかり。私には普通に生きる資格なんてない。どうしてこんな目に、遭わなくちゃいけないの」

僕はかける言葉を見つけられなかった。いまの彼女が、かつての自分にあまりにも似すぎていて、戸惑ってしまった。怖かったといってもいいかもしれない。曇りガラスの奥にいるのは自分なのではと、錯覚さえ起こしそうだった。

彼女が浴室から出てくる前に、僕は部屋を後にした。

翌朝、起きるといつも通りの僕の部屋だった。朝食のためにリビングに行き、部屋に戻ってもアザラシはいなかった。記憶が鮮明によみがえる。起きた出来事、すべてを覚えている。南極の海から帰ってきた彼女の濡れた髪。曇りガラスの奥で見えた背中。震える体。

僕の長所は記憶力だ。そして欠点は、忘れられないことだ。見なかったことにはできない。一度視界にとらえてしまえば、映像が焼きつく。脳からそれが剝がれることはない。

『こんな力、いらない。欲しくて持ってるんじゃない』

ハンガーにかけた制服を取りかけて、手をとめる。代わりに握ったのは携帯だった。蓮野に短く、メッセージを送った。「人魚が出たので今日も遅れる」。返事はなかった。

インターホンを押すと、今回も卯月さんは直接ドアを開けて出てきた。僕は持っていたタッパーの中身を見せる。

「おはよう。朝食のサンドイッチを持ってきた。たまごとハムだ」

言うと同時、彼女は消えた。テレポートしたのではなく、物理的にドアを閉められた。

ばたん、と遮断された。わかりやすい拒絶だった。少しは話をしてくれるかと思ったけど、ここまで接触を避けられるとは思わなかった。

ドアのそばにまだいることを信じて、語りかける。

「チキンとかのほうがよかった？」

「そういう問題じゃない」

すぐに返事があった。

「携帯は返したのに。どうして来るの」

「昨日の続きをしにきた」

「続き？」

「返すんだろ。持ってきてしまったものを、元に」

「そんなこと、するなんて言ってない」

「でもそうしたいはずだ」

数秒の間があいて、ドアが開く。垂れさがる前髪の、そのわずかな隙間から、彼女の瞳を見つける。僕を睨んでいた。ひるみそうになったがこらえた。簡単に返せたら苦労はしない。と、その眼はわかりやすく告げていた。

「持ってきてしまったものを返したい。でもその方法がわからない。手段が見つからない。

一人でやるにも限界があるはずだ。僕も手伝う」

「帰って。でないとあなたに触れて、どこかに飛ばす」

「僕が使えないと判断すれば、捨ててくれていい」

「ほ、本当だから。これは脅しだから」

卯月さんが手を伸ばす。その手に触れれば、どこかに飛ばされる。実際に彼女はそれをすることができる。だけど昨日の記憶のなかの彼女の言動や行動を、僕はすべて覚えている。性格も、ある程度把握しているつもりだった。僕が一歩前に踏み出すと、怯えたように、瞬時に伸ばした腕を引っ込めた。

「あなた、どうしてそこまで」

「昨日も話した通り、きみの気持ちが少しわかるから。いましていることは、おせっかいだって思ってる。本当は誰にも関わってほしくないことも、理解してる。だけど」

だけどやっぱり、放っておけない。

昨日、逃げ出したのは間違いだった。僕はあの場で、彼女に申し出るべきだった。それをいま、ここでする。

「部屋をきれいにしたくはない？」

部屋は昨日と同じ状態だった。廊下も、リビングも、ものであふれかえっている。一日や二日で、片づけられる量ではない。

そのなかでも彼女が選んだのは、茶色のボストンバッグだった。卯月さんはそれを自分の部屋から持ってきた。抱えていたボストンバッグを床に落とすと、ごん、と鈍い音が響いた。

「昨日、僕の部屋にもあったものだ。確か中身は……」

「お金。たくさんある」

卯月さんはチャックを開けて、なかを見せてくる。記憶通り、そこには大量の札束が入っていた。すべて一万円。つばを飲み込むと、ごくりと音が鳴った。

ひとつを一〇〇万円とすると、バッグの深さと見た目、彼女が担げるほどの重さであることから、一億円ほどだと推定できる。もしかしたらそれ以上あるかもしれない。一生見ることのない光景だと思っていた札束の量。昨日見た以上に、実物が目の前にあると、少し緊張する。確かにこれは、まっ先に持ち主のもとへ返したい品物かもしれない。

「私はひとのお金を盗んだ。つまり犯罪者」

「そうだね。現行の日本国憲法に、テレポートに関する条文があればの話だけど」

「でも盗んだのは事実」

「故意にじゃないだろ」

心が落ち着かなくなる、つまり精神が不安定になると力が暴走する。彼女はそう言っていた。嫌な夢を見たのだと。それは何か、彼女の記憶に根付いた思い出に関するものなのかもしれない。夢の内容を聞くつもりはなかった。いまは一億円の返却に集中する。

僕は自分が使えることを証明しなくてはいけない。そばにいて、できることならサポートしたい。特別な力をもつせいで、それに押しつぶされるひとを、目の前で見たくない。

「ボストンバッグのどこかに名札でもついていたら、楽だったけど」

「名前は見つからない」卯月さんが答える。僕らはまだバッグのなかのお金に手をつけていなかった。そこが何かの一線のように思えたからだ。

「お金っていうのは、基本的に『所有権』というものが存在しないらしい。時計や車、衣服とはわけが違う。持ち主を探すという目的において、これほど難しいものはほかに存在しないかもしれない」

「どうしてそんなことを知ってるの?」

「こういう哲学まがいの、無駄な雑学を知ってる友人が一人いるんだ」

蓮野。いまごろは授業に参加しているだろうか。サボっている姿のほうが想像できる。

たとえ授業を受けていたとしても、取っているのはノートではなくスケッチだろう。

お金に所有権は存在しない。簡単にいえば、道端にお金を落としてしまい、それを他人が拾っても、あとから自分のものと証明するのは難しいということだ。

「お金に目印のようなものがあれば、別かもしれないけど」

意を決して、僕はバッグのなかの札束のひとつを手に取った。一億円はもちろん、一万円がこの束になっているものすら、いままで見たこともなかった。初めて、その重さに触れている。卯月さんは相変わらず、一歩引いて僕の様子を眺めていた。

バッグのなかの札束をひとつずつ出していく。規則正しく並べていき、四一個目の札束を手にしたときだった。僕と彼女の、ひゅ、と息を呑む音が、同時に部屋に響いた。

「その札束の端についてるのって……」

「ああ、血だ」

赤黒く、くすんだシミ。僕は血がつくるシミの色を見たことがあった。小学生のころ、クラスメイトと喧嘩をして鼻血を出した。服の襟についていて落ちなくなった血の色が、まさにこれとよく似ていた。

血のついた札束は他にも一四個見つかった。僕はすでに、これを元の持ち主に返す考えを失っていた。場所を特定できても、そんなところに彼女を行かせるわけにはいかない。

僕だって行きたくない。元々のこのバッグの持ち主が、いまごろ目の色を変えてこれを探しているのだけは想像できる。合法的に手に入れたお金に血がつくとは思えない。

　ここが一線だと思った。このあとの対応で、僕らの安否が変わる。

「卯月さん、これは警察に届けよう。落としものを拾ったと言うんだ」

「……疑われないかな」

「態度による。僕らには確かに秘密があるけど、それを悟られてはいけない。この街から少し離れた警察署がいい。僕も一緒にいくよ」

「川島くんも？」

「可能であれば」

「できると思うけど」

「それなら、落とし物を届けにいこう」

「ま、待って！　準備する」

　卯月さんが思いついたように、自分の部屋に引っ込んでいく。しばらく、リビングのあふれる品々と、そして一億円のボストンバッグの前で置き去りにされる。待っている間、札束をバッグのなかに戻していった。最後はしっかりとファスナーを閉めた。

　お待たせ、と出てきた卯月さんを見て、ぎょっとした。ジャージとウィンドブレーカー、そしてマスクとサングラスをつけていた。手には軍手をつけている。

「顔がばれたくないから。これで返しにいく」

「返しにいくというよりは奪いにいく風だけど」

前髪の長さも相まって、怪しさが前面で主張していた。結局、妥協案としてサングラスを外してもらった。服装も、せめて下だけは、普通の私服に着替えてもらい直すことにした。卯月さんはジーパンをはいてもどってきた。明日には捨てているだろう。

「軍手は何のために？」僕が訊く。

「バッグに指紋を残したくない」

「僕はすでにべったりなんだけど」

「だから私は一度も触らなかった」

意外に卑怯だった。彼女の知性を尊重して、思慮深いと心のなかで言い換えておく。そして軍手も怪しさを助長させると思ったので、冬用の手袋に換えてもらった。まだ少し季節は早いけど、軍手よりはマシだった。

「バッグは僕が持つよ。重いだろ」

「いい、私が持つ。私が持ってきてしまったものだから、なるべく自分で」

「そうか。わかった」

出発の準備が整う。ちなみに僕もマスクだけ貸してもらった。よろめきながら、卯月さんはなんとか肩にバッグをかつぐ。飛んだ先で、僕は卯月さんのサポートをする。

「で、飛ぶにあたって、僕はどうすればいい。きみのどこかに触れるのか?」

「服の袖、つかんでて」

短い答えがあった。「手をつなぐ」あたりが妥当かと予想していたが、思ったよりも距離のある対応だった。

言われた通り、彼女のウィンドブレーカーのあまった袖の部分をつかむ。瞬間移動するにあたっては、あまりに心細い。途中で振り飛ばされたりはしないのだろうか。初めての乗り物に挑むような緊張感だった。この馬は暴れませんか? このジェットコースターのシートベルトは安全ですか? この命綱が切れることはありませんか?

「ねえ、やっぱり……」

言いかけた瞬間だった。

ぐん、と体全体が前に引っ張られる感覚に襲われた。そうかと思えば、背中に重力を感じる。めまいとも、立ちくらみとも違う。巨大な回転洗濯機に放りこまれた気分だった。匂いが消えて、次に音が消えた。

自分の体を振り回すでたらめな力に耐え切れず、思わず目をつぶり、次に開いた瞬間、僕らはもう部屋にはいなかった。

　無数の車の走行音、タイヤの回転する音が耳に飛び込んでくる。振り返ると、リビングではなく大通りがあった。信号が青から赤に切り替わろうとしていた。ランドセルを抱えた小学生数人が走って渡りきっていた。

「川島くん。大丈夫？」

「あ、ごめん。初めてだったから、びっくりした」

「私も初めてだったから、成功してよかった」

「え？　ちょ、いまなんて？」

　卯月さんは表情を変えず、目をそらす。なんとなくぎこちないそのリアクションで、冗談なのだとわかった。彼女なりに和ませようとしてくれたのだろうか。

　さて、警察署は目の前にあった。数歩進み、門をくぐればそこは署の敷地内だ。

「なかに入ると会計課というのがあるはずだ。そこの遺失物センターにいく」

「それも友人の知識？」

「ネットの知識。きみが着替えてる間に調べた」

　二人で深呼吸をし、それを合図に歩き出した。一億円の入ったボストンバッグとともに、門を踏み越える。

敷地は広く、左右が駐車場になっており、複数の車が停まっている。そのなかにはパトカーも混ざっていた。警察官が一人、ちょうど降りようとしているところだった。じろじろ見過ぎるのはよくないと思い、視線を前に戻す。

視線の先、警察署の入口には二人の警察官が立っていた。見張りだろうか。そんなシステムがあるのを知らなかった。予想していない事態というのは、少なからず混乱と緊張を助長させる。卯月さんは大丈夫だろうか。

横目で確認すると、唖然とした。

「………卯月さん」

がちがちだった。

歩き方が歪だった。

右手と右足が両方同じタイミングで前に出ていた。

「落ち着け、卯月さん！」

「もちろん落ち着いてる」

「僕らは何も悪いことはしていない。ただ落としものを届けるだけだ」

「全然大丈夫。私は問題ない」

「問題のないひとは右足と右手を同時に出したりしない！」

誤算だった。

ここまでもろいとは思わなかった。そしてひとの緊張というのは、意外と伝染してしまう。僕まで挙動がおかしくなりそうだった。彼女のように、服を交換すればよかった。この私服はもう着られない。帰ったら真っ先に捨てよう。こっそりと、刻んで捨てよう。

自分の心配をしているうちに、卯月さんの挙動はさらに悪化した。左手と左足が同時に出て、さらにもう一度、左足が出た。そんな歩き方を人類はしない。

二人の男女がマスクをしている。片方はボストンバッグを持っていて歩き方が人類を超越している。もう片方の男子は妙に心配している。これでは呼び止めてくれと言っているようなものだった。事実、見張りに立っていた警察官の一人が動き出し、僕らに声をかけてきた。

「そこのきみたち」

「落とし物です！」

叫んだ。横にいる人類を超えた女が叫んだ。こんなことは打ち合わせになかった。

卯月さんはボストンバッグをその場に落とす。ぼん、とバッグの布がアスファルトにたたきつけられる鈍い音が鳴る。正体不明の重い荷物が、警察署の敷地内の地面に置かれたせいで、警察官はさらに警戒を強める。

「その荷物を開けなさい。いますぐ」

「ひ、ひひひ、拾ったんです！　そこでっ」卯月さんが答える。しゃべらないでほしい。

「通りがかったものです。近くで拾ったので、届けようと」僕が補足しようとするが、警察官はすでに聞く耳をもたなかった。

「いいからそれを開けなさい！」

低く、野太い声がこだまする。その瞬間、卯月さんが走り出した。意図を察して、僕も遅れて走り出す。警察官の呼び止めようとする声を無視し、僕らは警察署の外に出て、左に折れる。

通りを全速力で走る。追いかけてきているかどうかもわからない。振り返りたくなかった。そして意外と卯月さんは走るのが速かった。追いつけない。

卯月さんがさらに左に曲がる。そこは建物と建物の間を抜けられる、ちょっとした裏路地だった。横を小川が流れている。このまま走り続けるかと思った矢先、彼女がブレーキをかけて止まった。

彼女は両腕を変な角度で制止させる。両肩に力が入っているのがわかった。走るのをやめて、何かタメのようなものをつくっている。直感的にわかった。卯月さんは飛ぶつもりだった。

「ちょ、待って！」

思わず手を伸ばす。バランスが取れず、つまずいてしまう。ほぼ前のめりになって、彼女のもとに飛び込む。

そして、指の先が彼女の肩にふれた瞬間。

体が、どこかに引っ張られる感覚がまた襲ってきて。

こらえきれず、目をつぶり。

開いたときには。

足に強い重力を感じ、立っていられなかった。そのまま膝をつき、床に転がる。受け身がうまくとれず、右ひじをしたたかにぶつけた。

あふれるもの。部屋を舞う埃。目の前の本棚は、ベストセラーと古典文学がバランスよく並んでいる。帰ってきた。見回すと、まさしく卯月さんの部屋のリビングだった。帰ってこられた。

卯月さんは息を切らし、両腕をだらりと脱力させて、正座をしていた。

「戻ってこられた」僕が言った。

「ちゃんと返せたかな」

「警察のひとが、あとは何とかしてくれる」

バッグのなかでうごめいていた犯罪は、僕らの領分ではない。あるべきものを、あるべき場所に。一億円の入った怪しいボストンバッグの終着地としては、現時点での僕らのベストだったと思う。それはもうどうでよくて、そんなことよりも僕は叫びたかった。気づけば女性に対して指を差してしまっていた。

「僕を置いていこうとしただろ！」

「だって怖かったから！」

「置いていくなんてひどいじゃないか！」

「い、入口に見張りのひとがいるなんて聞いてなかったし！」

「そっちこそなんだあの歩き方！　歌舞伎か何かかと思った！」

「あなただって動揺(どうよう)していたくせに！」

「こっちはせっかく手伝ってるのに！」

「私は頼んでいない！」

「確かにそうだけどさ！　でも……」

お互いに息が乱れていた。こらえろ。落ち着け。無事に戻ってこられた。それでいい。

この部屋にあるものも、ちゃんとひとつ、減った。

「ごめんなさい」

落ち着いた彼女が、小さく言ってくる。

「これ以上迷惑はかけたくない。気持ちは嬉しくないわけじゃない。でももう、関わらなくていい」

「この部屋はずっとこのままでいいのか」

「私のなかには爆弾があって、それはいつ爆発するかわからない」

何がきっかけで暴走するかわからない。卯月さんはそう言って、自分の力を爆弾に喩えた。制御できない力を持つという怖さを、常に抱えている。

「きみは特別だ。ほかのひとにはない力を持ってる。だけどそれを良くは思っていない。重荷に感じてる」

「その気になれば、私はどこへでも行ける。頭のなかで願って想像する。それでどこへでも移動できる。学校にだってぎりぎりまで寝坊できる。電車だって使わなくていいし、バスも、飛行機も必要ない。でもこんな力いらない。だって、ズルになるから」

ズル。卑怯。

普通ではない。一般的ではない。

それは平等ではない。

かつての僕も、そんな言葉をかけられた。

誰にも明かしていない過去がある。唯一の友達である蓮野はもちろん、僕を理解してくれる母親にすらも。忘れない記憶。忘れられない思い出。

「僕は自分が目にしたものなら、ぜんぶ覚えていられる。便利だって言われるけど、忘れたい光景もすべて残り続ける。小学生のころクラスメイトが僕に言ってきた。『お前はズルい』、『絶対にテストをカンニングしている』、『不平等だ』、『学校にくるな』。友達だと思っていた男子にも、お前に教科書は必要ないといわれて、目の前でやぶられた。そいつの表情まで、すべて思い出せる」

認めてほしかった。すごいと言ってほしかった。感心してほしかった。誰かの助けになれるならと思った。でもそうはならなかった。気をつけて、と僕に言った担任教師は、間違っていなかった。

うつむきかけていた卯月さんは、顔をあげ、僕を見つめていた。前髪がさらりと流れて、瞳がよく見えた。薄く口を開けているが、言葉は発しない。黙って僕の話に耳を傾けてくれていた。

「中学に入ってからは、記憶力のことは隠した。テストも90点以上は取らないようにした。

会話のなかでわざと忘れたふりをして、とぼけたりした」

「あなただって、そうやって苦しんだ。それならわかるはず。こんな力なんていらない。欲しくない。持っていたくない」

「うん。確かにそうだ」

僕も普通でいたいと思った。平均的なもののなかに身を隠していたかった。一般的という言葉で安心したかった。右を向けば誰かがちゃんと立っていて、周囲から外れていないことを確認したかった。

「でも、中学のときにできた友人が僕に助言をくれたんだ。ほら、哲学まがいの無駄な雑学を知ってる例の友人。そいつがくれた言葉を励みにして、いまでは少しだけ自分が許せている」

「……そのひとは、なんて?」

「こう言った。世の中に普通のひとなんていない。ただ、平凡なひとがいるだけ」

「平凡なひと」

「ろくに努力もせず、他人の足を引っ張る時だけは必死になる。そいつらが押し付けてくる言葉なんて聞く必要はない。そう教えてくれた」

単純だけど、力強かった。

僕はその言葉に救われた。

力を使ってもいいのかもしれない、と心が楽になった。

普通や一般的という言葉に明確な定義はない。なんとなく、空気を読んでつくりあげられた、あいまいな概念にすぎない。それは時代や風潮によって、ころころと姿を変える。生き方のマニュアルには使えても、答えにはならない。僕はそれを教えられた。

「私は別に、ひとに足を引っ張られたり、うらやましがられてるわけじゃない」

「もちろん。いまの言葉がそのまま卯月さんへの励ましになるとは思ってない。でも僕が救われたのは事実だ。きみと同じように、ひとと少しだけ違う僕でも、自信を取り戻せた。なら、きみにだってできるはずだ」

持っている力を否定しないでほしい。他人のために、嫌いにならないでほしい。

与えられたものには、きっと意味があるはずだから。

それを見出すための手伝いなら、きっと僕は、してあげられる。

数秒の間が空いて、やがて彼女が明かしたのは、抱えていた願い。

「私はもう、力に振り回されたくない。迷惑をかけたくない」

「この部屋にあるものを片付ければ、きっとその自信もつく」

これまでの日々を思い出しているのか、卯月さんは拳を握っていた。とても堅く。悔しさや罪悪感で、強く握られている。

僕は手を差し出す。その拳を、いまこの瞬間だけでも、開くために。

「握手をしよう」

「……握、手？」

「これから持ち主返却の旅を、一緒に始める仲間だ」

あらためて自己紹介。

「川島佐久。直観記憶で、見たものをなんでも覚えていられる」

卯月さんの拳が、緩み、開いていくのが見えた。彼女は僕の差し出した手を、そうっと、つかんでくる。その瞬間だった。

「うわ！」

ぐん、と体が引っ張られる感覚。上下左右、前後に重力。

足元が不安定になったかと思えば、またすぐに安定する。転びそうになったが、今度は膝をつかずにバランスを取ることができた。

気づけば場所を移動していた。ここはマンションの目の前にある公園だった。公園の敷地内の真ん中にいた。ひとは誰もおらず、僕たちだけだった。

「なんで移動したんだ？」

「暴走した。ごめんなさい。つい動揺して」

「動揺？」

「男のひとと手をつないだこと、あんまりなかった」

「なるほど。今後気をつけるよ」

僕も女子に慣れているというわけじゃないけど、彼女の場合はそれ以上のようだった。前途多難。卯月さんの精神状態も、気に掛けないといけない。

「み、みのり。念のための念に、禾偏(のぎへん)で稔(みのり)」

「え？」

「私の名前。卯月稔。テレポートで、どんな場所にも飛べる」

自己紹介を返してくれたのだとわかった。自然と頬(ほお)が緩んで、僕はそれを返事の代わりにした。彼女の名前をようやく知ることができた。卯月稔。特別な力の持ち主。直観記憶などなくても、生涯(しょうがい)忘れることのないだろう日々が、始まろうとしていた。

僕は尋ねる。

「それで、まずはどこへ飛ぶ？」

第二章

こんにちは、地球の裏側

信号機の返却は深夜に行われた。

飛んだ先に広がっていたのは、人気(ひとけ)のない交差点の光景だった。時間は午前三時半を少し過ぎたころ。通りの角にあるガソリンスタンドや焼き肉店、サイクリングショップに明かりは灯っておらず、シャッターも閉められている。コインパーキングだけは律儀(りちぎ)に看板の料金を照明で照らしていたが、利用している車は一台もない。

「もうついた?」僕は訊いた。

「たぶん」

「本当にあっという間だ、何度体験しても慣れない」

卯月(うづき)の服の裾(すそ)から手を離し、別の惑星に降り立つみたいに、一歩いっぽ活動範囲を広げていく。携帯を取り出し、地図アプリを起動させてみる。GPSの機能をオンにすると、さっきまで自分たちがいた神奈川県から、ぐん、と、地図がいったん広く縮小される。やがて鹿児島県の枕崎(まくらざき)市に移動し、地図は現在地へと拡大していく。

飛行機を使っても数時間かかる場所。僕らの所要時間は、わずか一秒。

「見つけた」

卯月が指さす先を見る。すると交差点の信号機のひとつ、あるはずのものが確かに欠けていた。支柱こそあるものの、そこから道路側に伸びて、通行する車が従うはずの信号機本体がない。それはいま、僕たちの足元に、無機質に転がっている。

「事故とか、起きてないかな」

信号機の傘の部分をなでながら、卯月がつぶやく。

「この信号機が消えたせいで、みんなきっと、迷惑した」

「これがなくなって二日。大きな事故が起きたなら、何かしらのニュースや記事でわかるはずだ。調べたけど、なかっただろ。大丈夫だよ」

ネットを使い、記事になっているニュースをくまなくチェックした。地方の小さなメディアサイトや、市町村のホームページまでくまなく探しまわった。それでようやく、ここを見つけた。鹿児島県の枕崎市の通りのひとつで、信号機が紛失したことを知らせる記事。最近、ここは台風がかすめていった地域で、暴風のせいで信号機がさらわれたのかもしれないと、記事は予想を立てていた。また、ここが車高規制のかかっている通りであることから、誤って大型のトラックが信号機に追突し、紛失した可能性もあげていた。テレポート能力を持った女子高生の過失という可能性は、一文字もあげられていなかった。

「信号機の窃盗って、どれくらい重い罪なんだろう」

「あいにくきみを裁ける法律はこの世に存在しない」

「でもきっと無罪じゃない」

　卯月は信号機に触れ、一瞬で姿を消す。通りの向こうに彼女があらわれる。街頭に照らされる卯月の姿は、触れれば灰となって飛んでいきそうなほど、淡い雰囲気をかもし出している。

　支柱の足元に、問題の信号機を立てかけたあと、彼女はまた僕の元まで戻ってきた。重い信号機を運ぶ必要がなくなった帰りは、能力を使わずに、自分の足で横断歩道を渡って戻ってきた。誰も見ていないのに、ここにいるのは僕しかいないのに、卯月の対応はあまりにも律儀だった。誠実すぎるといってもいいかもしれない。持ち物をすべて返すまで、彼女は精神を保てるのか、少し不安だった。彼女は、自分の贖罪に押しつぶされてしまうのではないだろうか。戻ってきたとき、たまらず声をかけた。

「なあ卯月、僕らは運んできたものを持ち主に返していくと決めた。数は多くて、一つひとつ対処すれば、確実にきみの部屋は片付いていくし、返却のときに飛んで力を使えば、溜めすぎて暴発するという事態もおさえられる」

「うん、覚えてる」

「この先、一つひとつ返していくたびに、そうやって落ち込んでいたら大変だよ。大変というより、心配だ」

「でも悪いのは私」

「確かにそうかもしれない。故意ではないと知っても納得するひとはいないかもしれない。けどきみはいま、持ち主へ返そうと頑張ってる。ひとつずつ努力している。それでも気が晴れないなら、あとでちゃんと償いの方法を考えればいい。この持ち主返却の旅は、きっと、それを探すための旅でもあるんじゃないか？」

「償いの方法を、探す」

　僕の投げた言葉を聞き、自分の舌のうえで同じ言葉を反復し、そして脳で咀嚼する。卯月の表情がそんなイメージを抱かせる。雲が晴れて、月の明かりが彼女の髪を照らした。触れたくなるほど、つややかだった。

「探してみる」

　卯月は答えた。いつものように短く、シンプルな返答だった。彼女が僕に向かって腕を伸ばしてくる。腕から垂れ下がった、服の裾をつかむように催促しているのだとわかった。大人しく従う。つかんだ瞬間、ぐん、とでたらめな方向に体が引っ張られ、目を閉じる。準備はいい？　とか、そんな確認をひとつくらいは挟んでほしかった。

そして僕らは、部屋に帰ってくる。

放課後を告げるチャイムが鳴ってすぐ、頭に教科書が叩きつけられた。伏せていた顔をあげると、蓮野だった。目がまだぼやけているが、クラスでパーカーを着ている女子は彼女しかいない。

「教室は教師の声をＢＧＭにする仮眠室じゃありませんのよ」

「きみがそれを言うか」

「クラスに不良は二人もいらないの。あたしまで目をつけられたら困る」

「昨日、寝るのが遅くなったんだ。緑化委員の掃除に行く前に、何か目の覚める哲学的な名言がほしいな。そういうの得意だろ、ひとつ頼むよ」

「『夜は早く寝ること』」

「素晴らしい名言だ」

卯月はどうしているだろう。僕のように、放課後まで睡魔を引きずっているだろうか。それとも教師の発言したすべての内容をノートに取り、黒板の中身を余さず清書しているだろうか。たぶん後者だ。

　鹿児島から一秒で部屋まで帰ってきたあと、僕は一度自分の部屋に帰り、それから登校時間に彼女を起こしにいった。一緒に通学したが、校門の近くで昼食を買いにコンビニへ寄るといって、卯月とは別れてしまった。意図的に一緒に通学するのを避けたのだとわかった。私と一緒にいると、あなたの評価まで下がるから。彼女ならそんな風に考えていてもおかしくない。僕の評価などあってないようなものだけど、とにかくまだ、完全に卯月に信頼されているわけではない。

　校舎裏にある清掃用の倉庫から、竹箒（たけぼうき）とちりとりを取ってくる。教室の秩序を乱したとして、蓮野は僕に掃除用具を持ってくるように押しつけた。いつもの中庭近くの非常階段に向かうと、彼女は既にスケッチを始めていた。

「掃除する気ないだろう」

「いいえ、これは掃除をする前と掃除をした後の光景をしっかり比較できるよう、模写していただけよ」

「卯月もきみくらい図太ければな」

「卯月って誰？」

　うっかり名前を口にしてしまった。彼女に関する事柄は、なるべく秘密にしようと決めていたのに。そして蓮野は目ざとく気づき、スケッチの手まで止めて僕を見てくる。

「卯月稔。隣のクラスの女子」

観念して、僕は答える。名前くらいなら彼女も許してくれるかもしれない。卯月がもっ

とも恐れているのは、自分の力が広く、他人に知られてしまうことだ。そして知られたこ

とにより、(彼女が自分で罪だと考えている)あの部屋にある品々のことがバレるのを恐

れている。

「同じマンションに住んでる子なんだ」

「ふうん、知らない名前。で、なんでその子が、あたしみたいに精神が洗練されていない

といけないの?」

「『図太い』をそう解釈するか」

さすがだった。大事な部分を隠すということを守りながらであれば、蓮野に意見を求め

るのはひとつの道かもしれない。僕自身、それで救われた過去がある。直観記憶という、

自分の力を持て余していた中学時代。

「ある事情で卯月と話す機会があったんだ。彼女は、自分が意図しない形で他人に迷惑を

かけていると考えている。実際に少しは迷惑がかかっているかもしれない。僕から見ると、

そのことを抱え込みすぎているように思える。四方八方、三六〇度、他人の批判に怯えて

るような感じだ」

「大事な部分がぼやかされてて、禅問答（ぜんもんどう）みたいになってるけど。その事情って何？」

「それは教えられない」

「あっそ」

「蓮野はいつも、自分に向けられる批判をどうかわしている？　その洗練された精神はどうやってつくられたんだ？」

「『図太い』でいい。他人に言われると恥ずかしくなるからやめろ」

　ちょっと待って、と彼女は意見を保留する。いま進めているスケッチの調子が良いらしい。筆の動きから、木を描いているのだろうと想像できる。一本の木を描くために蓮野はここにいる。スケッチを一段落させた彼女が、そばにあるペットボトルの水を一口飲んで、答えた。

「可愛（かわい）い孫とやさしいおばあちゃんの話がある」

「可愛い孫とやさしいおばあちゃん？」

「二人は電車に乗っていて、席がひとつだけ空いているのを見つける。おばあちゃんは孫にその席へ座らせる。するとどこかで声が聞こえる。お年寄りに席を譲（ゆず）らないあの孫には、思いやりがない、と」

「孫はどうする？」

「孫は席をおばあちゃんに譲る。すると今度は別の声が聞こえてくる。小さな子供を立たせたままにするなんて、酷い老人だ」

「それならどうすればいい」

「おばあちゃんも孫も席を立ったまま電車に乗る。そして最後にまた声がする。席も空いてるのに通路を塞ぐなんて邪魔だ、と」

「ひどい世界だな」

「でもこの世界の話よ。何かひとつの物事でも、すべてのひとを納得させられることができる存在がいるなら、きっとそいつは神様になれる」

誰にも批難されないひとなど存在しない。可愛い孫とやさしいおばあちゃん。二人は電車に乗るのをやめたかもしれない。それか、声を聞くのをやめたかも。

「卯月にもその話をしてみようかな」

「やめておきな。説教みたい、ってうっとうしがられるよ」

「じゃあ僕は何もしてあげられない？」

「ねえ、その卯月さんって何者？　あんたがそこまで気にかけるって、よっぽどだよね。もしかして、何か特別な力があるの？　直観記憶みたいに」

やはり蓮野はするどかった。ひとつ教訓をもらうたびに、こちらも大事な何かをひとつ、差し出しているような気持ちになる。特別な力と言ったのはあくまで誇張としての表現だろうが、卯月にとってはそれがそのまま当てはまる。彼女はあらゆる空間を自由に行き来する。そして僕は、気にかけるどころか、いまでは持ち主返却という形でより深く関わっている。

「悪いけど、本人のいないところでは話せない。少なくとも許可が必要だ。デリケートな問題なんだよ。わかるだろ？」

「そうだね、確かにその通り。ごめん」

蓮野は大人しく引いた。再びスケッチに戻っていく。掃除(そうじ)は相変わらず手伝ってくれることはないけど、彼女のこういう一線を見極める部分を、僕は尊敬している。

卯月はもう家に帰っただろうか。運んできてしまったものを持ち主に返却する。それが彼女と決めたルールだった。ものがあふれたリビングで、僕を待っているだろうか。竹箒を持つ手を止めていると蓮野が言ってくる。

「先人曰(いわ)く、真実は当事者のなかにしかない。他人ができるのは身勝手な批判と、的外(まとはず)れな憶測がせいぜい。だからもし、その卯月さんを本気で助けたいなら、答えは簡単。あんたも彼女の当事者になればいい」

「ありがとう、そうする」

「掃除用具の片づけはやっとくよ。もう少しここにいるし」

「うん、じゃあ、まかせる」

僕は卯月のもとを目指す。


一度帰宅し着替えてから、卯月のいる七階に向かった。インターホンを押すと、どん、どん、どん、と廊下を早歩きでやってくる足音が聞こえてきた。念のため一歩下がっておくと、予想通り勢いよくドアが開く。つきつけられたのは新聞紙だった。

「卯月、夕刊の講読を始めたの？」

「じゃなくて！」

「……良い材質の紙だね？」

「違ぁう！」

ここ、と指さした先には、小さな枠欄におさまる記事が掲載されていた。隅々まで目を通さないと読み飛ばしてしまいそうな場所に『詐欺グループ摘発　届けられたボストンバッグが決め手』という見出しがあった。

まとめると以下のようなことが書いてあった。警察署に匿名希望の男女からボストンバッグが届けられた。中身は八八〇〇万円。そのバッグや紙幣を手がかりに、都内の詐欺グループの摘発に成功した。字数がかなり限られた記事だったから、情報もシンプルだ。

「どう思う？」卯月が訊いてきた。

「八八〇〇万円しかなかったんだな。一億円あると思ってた」

「川島くんは論点がおかしい！」

「冗談だよ。僕らのことは詳細には書かれていない。情報がないのか、もしくは重要視していないってことだ。大丈夫、ボストンバッグの対応は間違ってなかった」

「やっぱり、よかったんだよね？」

それまで呼吸をずっと忘れていたみたいに、卯月は大きく、息を吐き出した。こわばった肩がほぐれていくのがわかった。彼女は反転し、リビングの奥へと引き返していく。ドアは開けっ放しだった。入っていいのだろうか。信頼されているのか、そうではないのか、よくわからない。

アザラシ、ボストンバッグ、そして信号機。僕らはそれぞれを、順調にあるべき場所へ返却している。

「今日は何を返しにいく？」

「これ」

卯月の返答は早かった。リビングにつくと、返却物はすでに用意されていた。積み重なった三つの段ボール箱が、堂々と待ち構えていた。僕の部屋でも見かけたものだ。リビングにあふれているものとは分けて、彼女はこれを自分の部屋に保管していた。背丈は僕の肩くらいまである。

「中身は？」

「見ていない。テープがしてあるから」

卯月の言うとおり、段ボール箱はそれぞれ封がしてあった。ガムテープよりも強度のあるダクトテープを使っている。箱の大きさはそれぞれ異なる。一番大きいサイズの箱は、電子レンジが二つは入りそうだった。

「中身を確認すれば、持ち主探しのヒントになるかも」

「側面に何か貼ってある。伝票みたいなもの」

伝票みたいなもの、というのは確かに的確な表現といえた。日本で使うような郵便伝票とは違うが、どこに届けるか、その地名が書かれているのがわかった。文字は英語だ。摩擦か何かで消えかかっているが、かろうじて読めないこともない。

「海外にいる誰かの荷物なのかもしれない」僕が答えた。

「やっぱり中身、確認する？」

「もう少し伝票から読み取ってみよう」

　伝票（仮でそう呼ぶことにする）内に赤線が三本引かれ、それぞれの段に英単語が記されている。『Camp Leatherneck』、『Helmand Province』、どちらもまったく耳馴染(みみなじ)みのない言葉だった。

「キャンプ・レザーネック、ヘルマンド・プロヴィンス、卯月には聞き覚えある？」

「ない。川島くん、英語読めるの？」

「中学時代、友達がいなかったから、高校卒業範囲までの英語参考書を読んでた。だから高校卒業までの英語や文法なら、見た範囲で覚えてる」

「すごい才能。でも悲しい」

「中学の僕が報われてよかったよ」

　解読に戻る。卯月も手伝ってくれようと、動き出した。はさみを取ってきて、ダクトテープを裂いていく。中身を確認するつもりのようだ。

　そして最後の段に記された単語を見て、僕は呼吸を思わず止めた。こう書かれていた。

『Afghanistan』。アフガニスタン。とっさに段ボール箱から距離を取った。卯月は僕の反応に気づかず、荷物の開封を進める。ダクトテープは頑丈で思ったよりも時間がかかるらしかった。

近くの食卓に放置されたままの卯月のパソコンを起動し、検索サイトを開く。伝票にあった単語をそのまま、打ち込んでいった。予想した通りの検索結果になった。

「アフガニスタンのヘルマンド州、キャンプ・レザーネック」

「それってどういう場所？」

「アフガニスタンの軍事基地だ」

答えると同時、卯月がダクトテープを切った。困惑した顔でこちらを見つめてくる。時すでに遅く、段ボール箱の蓋がゆっくりと開く。

僕らはおそるおそる、箱のなかをのぞく。黒いケースが二つ、横たわり、重ねられていた。縦にしきつめられている。表面をなでると固い素材でできているのがわかった。僕と卯月は見つめ合う。お互いに意図を察して、次の瞬間にはじゃんけんを始めた。ガンマンの決闘みたいに勝負はすぐに決した。僕が負けた。自分のグーが許せない。

意を決してケースのひとつを引き抜く。側面の留め具を外すと、ぴん、と跳ね上がった。深呼吸してケースを開けると、凹凸のあるスポンジ素材に包まれたそれが姿をあらわす。独特の黒い光沢。直に触れなくても、見た目以上の重さがあることを、雰囲気で感じ取った。自動小銃。もっと端的にいえば、ライフルだった。すぐにケースを閉めた。卯月を見ると顔をそらされた。

「卯月、ライフルがあるぞ！」

「叫ばなくてもわかってる！」

「女子高生の部屋にライフルがある！」

「川島くん静かにして！」

「女子高生の部屋にアフガニスタンのライフルがある！」

「ふぬぅぅ！」

卯月が独特のうめき声をあげる。前も一度聞いたうめき声だった。耳にすると、いじめているような、かわいそうな気持ちになってくるのが不思議だ。おかげでいくらか冷静になれた。

さらにパソコンで調べる。日本語で入力してもろくな情報が出てこなかったので、英単語で検索をかけると、多くの情報を得ることができた。卯月は何かタガが外れたのか、もうひとつの段ボール箱も開封しはじめた。

「キャンプ・レザーネックには現在、アメリカの海兵隊が駐留してるみたいだ。たぶんそのひとたちの荷物だろう。きみは無意識のうちにアフガニスタンまで飛んで、アメリカ軍の所有物をかっぱらってきた。はは、すごいよ」

「すごくない。全然すごくない……」

卯月が新たに開けた箱には食料品が入っていた。どれも真空パックで保存されている。レーションと呼ばれるものだろうか。初めて見た。初めて見るものには知的好奇心がくすぐられる方だが、さすがにこんなものをいつまでも置いてはおけない。

「返しにいこう。場所はわかった。アフガニスタンのヘルマンド州、キャンプ・レザーネック」

地図を開き、その場所を示す。拾える限りの情報と画像を卯月に見せて、着地点をイメージしてもらった。

行けそうか？　と訊くと、数秒黙ったのち、うなずきが返ってきた。

今回も卯月は重装備の変装をしようとした。協議の結果、マスクだけをして向かうことになった。ただし日本にある警察署とはわけが違う。僕らはこれから、アメリカ軍が駐留するアフガニスタンの軍事基地に向かうのだ。一瞬の判断ミスが、取り返しのつかない失敗を招く。

「どうしよう、緊張してる」彼女が言った。

「緊張しないやつはいないよ」

「そうじゃなくて、心が不安定だと、着地点がずれる可能性がある」

「……なるほど」

卯月の緊張をほぐす必要がありそうだった。完全になくすことは無理でも、いくらか解消することくらいなら、可能かもしれない。

「アメリカといえば、僕が世界で一番好きな風景がある場所だ」

「一番好きな風景？」

「グランドキャニオン。写真や映像でしか見たことがないんだけど、本当にすごかった。いつか実物で見るのが僕のひそかな夢なんだ」

「それってつまり、どういう話？」

「あんなきれいな風景をアメリカのひとたちは目にしてるんだ。きっと心もきれいだよ。軍人とはいっても、何もいきなり発砲はしてこないさ」

「…………励まし方が下手」

辛口の批評を返される。言葉とは裏腹に、しかし彼女は決意を固めたようだった。卯月はしゃがみこみ、段ボール箱に触れる。三つすべてに、体のどこかが触れていないといけないから、なかなか面白い姿勢になっていた。

「僕はどこに触れていればいい？　いつも通り、服の裾？」

「背中にでも触れていて」

　少しだけ距離の近づくような発言だった。言葉に従い、卯月の小さな背中に手をあてる。彼女の体温が、服越しから伝わってくる。思ったよりも熱かった。緊張で発汗しているのだろう。僕の背中も、同じくらい熱を持っているはずだ。

「じゃあ、いくよ」

「いつでも」

　カウントダウンか何かをしてくれるかな、と少し期待した。それはすぐに淡い期待となり、卯月はいつも通り、合図なしで飛んだ。

　ぐん、と体が後ろに引っ張られる。思わず卯月の背中から手を離しそうになる。飛んでいる最中に手を離したらどうなるのだろうか、恐ろしくて想像もできない。

　強い重力に耐え切れず、目をつぶる。

　そして一瞬後には。

　僕らは部屋から移動して。

　風景はがらりと変わり。

　固い土の地面に、膝をついていた。空気がひどく埃（ほこり）っぽい。

　どこかグラウンドか運動場と思ったが、そうではなかった。布張りの小屋がいくつか並んでいる。大型のテントだった。テントの陰から軍用車両があらわれ、そのまま対面のテントの奥に隠れて消えていった。男性の怒号が遠くで聞こえた。怒号に合わせて返事をする集団の声も聞こえる。何かの訓練中だろうか。

横にいる卯月が服の袖を引っ張ってきた。なぜ何も言ってこないのだろう。彼女の方を向くと、卯月は後ろを振り返ったまま固まっていた。同じように振り返ると、彼女が声を出せない意味がわかった。

錆びたイスや、バケツ、木箱、それぞれに腰かけた、屈強な兵隊たちがそこにいた。全員、ぽかんと口を開けていた。たぶん、僕らも含めて、この場にいる全員が口をだらしなく開けている。

土のこびりついた淡いグリーンの半袖シャツ、それから重そうな迷彩ズボン。顔立ちからアメリカ人と予想する。人数を数えて、六人いるとわかった瞬間、その六人が同時に立ち上がり、近くに置いてあったらしい拳銃を僕らに向けてきた。何かしゃべろうとしたが、兵隊たちが一斉に叫び始めた。

「(手をあげろ！)」「(両手を頭の後ろに！)」「(おまえたちどこからあらわれた!?)」「(誰の許可があってここにいる！)」「(その横の荷物はなんだ?)」「(一言もしゃべるな！)」「(中国人か?)」「(この二人を引き離せ！)」「(別々のテントで話をさせろ！)」

早口で何を話しているか、まったくわからなかった。高校英語の習得などまったく無意味だったことを痛感する。日本の英語教育は、わめきたてるアメリカ軍の兵隊たちの早口を聞き取るには全く向いていない。

　銃を向けている兵隊のうち、二人が前に出て、僕と卯月をそれぞれ引き離した。そして別々のテントに運ばれていった。卯月は究極的に問題はない。少し願うだけで、どこへでも飛べて脱出できてしまう。問題は僕だった。僕は卯月がいないと帰ることができない。平和な日本の、あのマンションの一室に戻れない。

　テントのなかにはさらに休憩中らしき兵隊がいた。何事かと騒いでいるのがわかる。僕はその場で強引にしゃがまされる。固い土の地面で、膝を強く打ち付けた。空気がひどく乾いていた。喉がやけそうで、唾もろくに飲み込めない。

「(両手を頭の後ろに!)」

　また何かを叫ばれる。全身がこわばり、体が言うことを聞かない。耳のあたりで、脈が速い速度で打っているのがわかる。兵隊が僕の腕をつかみ、手を頭の後ろに回すように指示してくる。生まれて初めて膝をつき、両手を頭にまわした。相手に無防備に腋をさらす格好というのは、これほど心細くなるのかと思った。

　荷物を返しに来ただけなんです。どうやって持っていったのかは説明が難しいです。とにかくあなたたちに返します。だから助けてください。伝えたいことはたくさんあるのに、それが英語にならない。

「(どこから来た!)」「(あの女とどういう関係だ!)」「(ほかに仲間はいるのか?)」

何を言っているのかわからないので、理解することをあきらめた。そもそも理解できたとしても、矢継ぎ早に質問されていては、どれに答えていいかわからない。

卯月はどうしているだろうか。同じように質問攻めにされているだろうか。もっと酷い目にあってはいないか。

いや、彼女は自由に空間を飛べる。きっと助けに来てくれる。いまに目の前にあらわれて、僕を救いだして一緒に脱出してくれるだろう。これはちょっとした悪夢だ。大丈夫。すぐに終わる。きっと来てくれる。

「(仲間がいるならいますぐ明かせ!)」「(目的は何だ!)」「(誰の命令で来た!)」

「……………………」

来ない。

ぜんぜん助けに来ない。

まさか逃げたのか。

一人で逃げた?　僕を置いて?　まさかそんなこと、するだろうか?

「(黙ってないで答えろ!)」「(逃げられると思うなよ!)」「(動くな!　妙なマネはするなよ!)」「(英語は話せるのか!)」

しそうだ。

彼女ならしそうだ。警察署のときの記憶がよぎる。僕を置いて迷わず逃げていた。それはもう、見事なダッシュを見せていた。一見やさしいところはあるけど、やけに薄情な一面もある。

ああ、まずい。泣きそうだった。僕はここで死ぬのだろうか。拷問を受けながら、英語が話せない自分を恨み、みじめに泥と血にまみれて朽ち果てていくのだろうか。

銃殺までイメージしかけた、その瞬間だった。

目の前の空間を引き裂いて。

強い風圧が顔を叩くと同時、卯月があらわれた。

「早く!　手を!」

彼女はまわりの光景には目もくれず、僕だけを見つめて手を伸ばしてくる。

降服のポーズを解き、筋肉を奮い立たせ、僕は差し出された手にしがみついた。兵隊の一人が何か叫びかけて、それを最後まで聞かないうちに、僕らは飛んだ。

体が引っ張られる例の感覚に襲われて。

そしてまばたきをする。

切り替わった視界には、マンションの一室が広がっていた。溜めていた空気を一気に吐くと、体の力が抜けた。この散らかったリビングが、今日ほど愛おしいと感じたことはなかった。

「川島くん、重い……」

「あ、ごめん」

気づけば卯月におおいかぶさっていた。つないだままの手をほどき、彼女から体をどける。手汗がひどかった。リビングに転がり、そのまましばらくは、立ち上がれそうになかった。

「ふ、ふふ」

「あはは」

気づけば二人で笑い出していた。何が面白いのかはわからないが、とにかく笑いが止まらなかった。お互いに、声をあげて笑った。きっと、いまの僕らはすごく人間的だろう。

「ありがとう卯月、助かったよ」

「まだ生きてて良かった」

「正直、置いていかれたかと思った」

「うん。実は一回ここに一人で戻ってきたんだけど、さすがに人間的にどうかと思って、迎えにいった」

「…………あ、そう」

見捨てられる運命もあったらしい。本当は怒ってもいい場面だったが、いまは生還の喜びのほうがうわまわっていた。おそらくあとで怒りがこみあげてくるのだろう。

ふと、顔の向きを変えると、そこに拳銃が落ちているのを見つけた。表面には砂埃がついている。あの基地にあったものだとわかり、思わずとびのく。大きなリアクションを見せた僕とは反対に、卯月は淡々とした口調で説明してくる。

「それ、さっきの脱出のとき、持ってきちゃった」

「ど、どうするんだ」

「あの場所に返しておく」

そう言って、卯月は四つん這い（よつんばい）の恰好（かっこう）のまま身を乗り出し、落ちている拳銃に、指先で軽く触れた。触れると同時、拳銃が消える。消えた。拳銃だけが簡単に消えた。ちょっとよくわからなかった。整理しよう。

「卯月、拳銃が消えたけど」

「うん。返した」

「返した？」

「元の場所に。さっきの基地に」

「でも、きみは飛んでいない」

「ものだけを飛ばすこともできる」

「ものだけを飛ばすこともできる!?」

思わず叫んだ。彼女は僕の声に驚き、身を引いた。だが叫ぶだけの価値がある情報だった。とても重要な見落としだった。そして一度叫ぶと、もうとまらなかった。

「最初から言えよ！　僕らがあそこに行く必要なかったじゃないか！」

「だってものはちゃんと返したいし！」

そうだった。彼女はあきれるほど律儀な一面があった。自分がテレポートさせて持ってきてしまったものに対しては、過度なほどの罪悪感を抱いている。

「あやうく殺されかけた！」

「でもちゃんと戻ってこられた！」

「よくも僕を置いていったな！」

「さっきはスルーしてくれたのに！」

この一件以降。

僕らの間では、危険なものに関しては品物だけを返送するというルールが、新たに加えられた。


起床して部屋を出ると、夜勤帰りの母さんとはち合わせをした。母さんは手元に一枚のチラシを持っていた。うっすら透けて見える、字体のフォントの適当さから、エントランスにある住民用の掲示版から持ってきたチラシだとわかった。

「何が書いてある？」

「マンション内に不審者ですって。住民じゃない女性が入り込んだみたい。怖いわね。佐久、心当たりはない？」

「……蓮野とか？」

「江奈ちゃんはこんなことしないわよ」

「酔っぱらったひとが間違えて入ったとか」

身近なニュースを話題にする、朝の光景に少し癒された。数時間前まで僕はアフガニスタンにいたと知ったら、母さんはチラシから顔を上げてくれるだろうか。

卯月と話して、次はもっと日常的なものを返却しに行こうということになった。明確な基準はないが、とにかく重火器の返却をしに海外に向かうことがないのは確かだ。最低でも国内、できれば電車で移動できる圏内で返しに行けるものがいい。緊張状態が続けば、彼女の精神的にもよくない。僕にもよくない。情報を常に収集し、止まらない脳がパンクを起こしそうだ。

　ということで、次の返却物は自転車になった。そして軍事基地への侵入に続き、さらに劇的なことが起きた。


「本当にありがとう！　娘の自転車、探していたのよ！」

「い、いえ。車体の裏側のところに住所が書いてあったので、助かりました」

　うつむく卯月の代わりに、僕が家から出てきた母親と対応した。持ち主である娘は卯月以上に引っ込み思案で、玄関の下駄箱(げたばこ)の隅に隠れたまま、出てこない。

「娘が公園とかに遊びにいって、そのまま自転車に乗らず帰ってきちゃう、とかよくあったから。それで住所を書くようにしていたの」

「僕も子どものころ、住所書いていました」

「何かお礼がしたいのだけど」

「お、お礼なんて！」そこだけ卯月は顔を上げて、返事をした。

娘は卯月の顔を見ると、そうっと、戸棚（とだな）の陰から身を乗り出してくる。彼女に対しては妙に警戒心が薄い。というより、好奇心が優（まさ）っているように見える。

自転車の返却を終えて、僕らはその一軒家を後にした。歩いていると、誰かの足音が聞こえて、振り返ると女の子だった。自転車の持ち主だ。何かを察したのか、卯月が前に出て、女の子の前にしゃがみこむ。

「おそら、とんでた」

女の子は指摘する。やはり卯月が自転車を持っていくところを、見ていたらしい。その様子だと、母親は信じなかったようだ。ごめんね、と小さく卯月が言うと、女の子は、飴（あめ）玉（だま）を差し出してきた。

「私のこと、秘密にしてくれる？」卯月はそうっと受け取った。

「ひみつにする」

女の子はそのままきびすを返し、走って家まで戻っていった。一度も振り返ることはなかった。卯月が手に持っている飴玉の封を切り、口に運んだところで、二人で歩き出す。口のなかから、飴玉を転がす小気味のいい音が聞こえてくる。

まずは駅に向かい、一時間ほど電車に揺られ、乗り換えをひとつ挟んで四駅ほど進めば、僕らの住む最寄り駅に帰ることができる。行きは荷物があるからテレポート。帰りは無茶な距離ではなかったので、彼女の仁義に従い、力は使わずに自力で帰宅する。

「いい子だった。許してくれた」

「そうなのか。でもまあ、確かに、きみたちだけにしかわからない、深いやり取りをしているみたいだった」

「飴が美味しい」

「きみがあれくらいの年齢のときは、何をしていた？」

「島にいた」

「島？」

「中学までは、島に住んでた」

「島で生まれ育ったのか？」

「小学校に入る前に、島に引っ越した。両親が私の力のことを知ったから、島の環境で育てることに決めた」

卯月の歩みが速くなる。詮索されたくない証拠といえた。それでも、聞かずにはいられなかった。彼女の出自について、何も知らない。

「高校から、いまみたいに、一人暮らしを？」

「私からそう頼んだ。島には高校がないから、そういう子が多い。それに迷惑かけたくなかったから。でも、うまくいっていない」

彼女の脳裏にはあのリビングがよぎっているのだろう。ものがあふれたリビング。力が暴走するたび、無意識に飛び、そして触れたものを持ってきてしまう。

途中、自動販売機の前で卯月が立ち止まった。サイダーの缶に視線が向いているのがわかった。彼女は財布を出すが、中身を確認したところで諦めて財布を閉じた。お金のやりくりはどうしているのだろう。親からの仕送りかもしれない。彼女のいまの境遇や性格からして、アルバイトをしている姿は、少し想像しにくい。

代わりに僕が財布を出して、自分の分のお茶と彼女のサイダーを買った。卯月は迷ったあと、サイダーを受け取った。炭酸の爽快感には抗えなかったようだ。

「この借りはいつか必ず返すから」

「その言い方だと僕が復讐されそうだ」

「じゃあなんて言えばいい？」

「別に、ありがとう、とか。思ったことをそのまま口にすればいい」

「この借りはいずれ必ず返すから」

「わかった。きみの言い方を尊重しよう」

個人的には、島にいたころの話をもう少し聞きたかったけど、彼女の口はサイダーがふさいでしまった。諦めて、大人しく帰路につくことにする。地図アプリを見ながら駅を目指す。もう少し歩く必要がありそうだった。

「やっぱり力を使わないんだな。ひとっ飛びなのに」

「そういうことはしたくない。なるべく」

「でも便利な力だ。いろいろな場面で、誘惑が多そうに見える」

「川島くんは？　どうしてる？」

「高校に入ってからは、直観記憶は利用するようにしてるよ。夏前の前期試験は特に役立った。数学は苦手だけど」

「記憶すればテストの点数が取れるのに、いい高校には行かなかったの？」

「記憶すれば点数がとれるから、高校はどこでもいいと思ったんだ。それで家の近くにした。あと数年くらいなら、大学の入試でも通用しそうな気がしてる」

「便利な力」

「与えられたものは使うようにしてる。そしてどう使うかで人間性が出る」

地図アプリを確認する。進む方向は合っている。ナビ通りにきている。

「駅まであとどのくらい？」

「もうすぐだよ、ほら、そこの踏切を渡って道沿いに……」

指さした先の踏切がちょうど鳴り出した。二人とも飲み物を持っていたので、走るのはあきらめた。踏切にはちょうどトラックが入り、渡りきろうとしていたところだった。

他愛のない雑談でも交わそうかと彼女のほうを向くが、卯月はまだ、踏切の方を向いたままだった。その手から、サイダーがすり落ちて、地面に転がってしまう。

「お、おい。飲み物が」

「川島くん、あれ」

凹凸のあるアスファルトを、サイダーの泡が流れていく。小さく、泡がはじける音も聞こえる。缶を拾い上げて、彼女の指さす方向を見ると、さっきと同じように、トラックが踏切にいるだけだった。何が変なのだろうと思ったが、一瞬後には僕も異変に気づいた。いくらなんでも、渡るのが遅すぎる。

もう一度目をこらして見ると、トラックが立ち往生しているのがわかった。エンストしたのか、もしくは渡る先の道幅が狭かったのか。線路の先から電車はまだあらわれない。しかし走行音が聞こえる。近づいている。

そのうち、トラックの陰からひとが出てくるのが見えた。運転手だった。踏切を渡りきろうと走り出す。トラックは踏切で立ち往生したままだった。

「おいおい、あれどうするんだ」思わずつぶやく。

そして。

左手から電車が走ってくるのが見えた。僕らの視界に映るころには、もう電車はトラックのすぐそこまで来ていた。

けたたましいクラクションが鳴る。スピードは緩めない。このままでは事故になる。電車は脱線するかもしれない。どれほどの被害になるのか。目の前で悲劇が起きようとしている。それも猛スピードで。どうすればいい。僕はどうすればいい。

「なあ卯……」

横を見ると、彼女はいなかった。卯月は走り出していた。僕は彼女の名前を呼んだ。それでも止まらず、卯月は次の瞬間、姿を消した。

まばたきをすると、彼女が踏切のなかに立ち入ったのが見えた。そして、トラックに触れたその瞬間だった。

「卯月！」

電車が通過し、トラックと卯月の姿をかき消した。誰かの叫び声がして、自分のものだと遅れて気づいた。両手を頭の後ろに置いて、体が固まった。兵隊の前で取った降服のポーズだった。

電車はスピードを緩めない。見たところ、衝撃を受けて脱線するような気配はなかった。車両がすべて通り過ぎていくのを、僕はただ、黙って見つめていることしかできなかった。一生消えない悲劇を、僕は脳に焼き付けてしまったのだろうか。

やがて、電車が過ぎ去って。

あらわれたのは、踏切の向こうに避難していた、トラックと卯月の姿だった。気づけば駆け出していた。彼女はトラックの運転手と何かを話していた。運転手は卯月の手を握り、お礼を言っているように見えた。

踏切を渡り、彼女とトラック、そして運転手のもとへ駆け寄る。運転手はまだ感謝の気持ちを卯月に伝えていた。

「いやあ本当に信じられない！　奇跡だよ！　こんな小さなお嬢ちゃんがトラックを運び出すなんて」

「か、火事場のどうたら、とか、そんな感じです」

どうやらそういうことにしているらしかった。危機に思わず走った彼女は、自分の筋力でトラックを運び出し、事なきを得た、と。運転手はこれから起こる事故の光景に耐えられず、目をつぶっていたのかもしれない。そうして、テレポートした瞬間を、目撃されずに済んだ。

運転手はどこかに電話をかけ始める。ガソリンスタンドがその電話先だとわかった。立ち往生の原因は、ガス欠だったらしい。電話している間に僕らは会釈して、その場から静かに立ち去った。完全に離れたあとで、興奮の声をあげたのは僕だった。

「すごいよ卯月！　きみが事故を回避したんだ」

「わ、私は別に」

思わず彼女の肩をつかんでしまっていた。かまうものかと思った。前後に揺さぶり、僕の興奮を伝える。

「川島くんは、怒ると思った」

「怒る？　僕が？　どうして」

「勝手に動いたから」

「そりゃあ、まあ、驚いたけど。確かに死ぬほど心配もしたよ。トラックと一緒にきみは轢かれたんじゃないかって。そうなっていたら、動けなかった僕は一生後悔していたかもしれない」

「ごめんなさい」

「でも、卯月はひとを救ったんだよ。卯月の力が役に立ったんだ。きみがいなければ、あそこで大事故が起きてた。なあ、今日ばかりは誇っていいと思うよ」

「私が、救った……」

卯月はそれでもまだ迷っている様子だった。素直に喜んでいいのか。自分は何かに貢献できたと認めていいのだろうか。僕からすればそれはもどかしい時間だった。だけどじんわりと、彼女のなかに、言葉が浸透していっているのを感じた。表情が、少し緩んだのが見えたからだ。

「ひとを助けた感想は？」

数秒の間があいて、彼女はこう答えた。

「サイダーが飲みたい」

インターホンを押すとドアが開いて、盛大な寝癖(ねぐせ)をファッションにした卯月が出てきた。例のオレンジ色のパジャマを着ている。胸のあたりに突起が見えて、あわててそらす。

起きがけの目がやがて覚醒(かくせい)していき、僕を認めると、ドアが勢いよく閉められた。その場で三分ほど待たされて、ようやく出てきた彼女の寝癖は、いくらかマシになっていた。

卯月は抗議の声をあげる。

「い、いきなり来るのはよくない」

「インターホンを押してる。モニターを使えばいいのに」

「モニターまで体が届かない。ものが邪魔してて」

「なるほど。じゃあまだしばらくは、きみの寝癖が見られそうだ」

「ふぬぅぅ！」

うめき声をあげたあと、僕の持っている袋に気づく。紙箱が入っていて、そろそろ彼女のもとにも香りが届くころだと思う。

「すぐそこにドーナツの店ができただろ。朝食用に買ってきた。それとコーヒーも入ってる。登校前に目が覚めるよ」

「私、苦いのは得意じゃない」

「そう思ってカフェオレも用意した。たまにはアメリカの大手企業みたいな朝もいいだろ？」

卯月は小さくうなずいて、リビングへ引き返していく。許可と解釈して、靴を脱ぎ、僕もお邪魔する。どうぞ、とか、あがって、とか、そんな安心させる一言はない。彼女の独特なリアクションにもだいぶ慣れてきた。

アザラシがいなくなり、ボストンバッグと信号機も消え、銃器や自転車が返却されたリビングは、ほんの少し片付いて見える。少なくとも、食卓を不自由なく使えるくらいには、スペースが生まれていた。

　卯月が台所からお皿を持ってきてくれた。そこにドーナツを分けてのせる。袋からコーヒーカップを取り出し、横に並べる。皿との距離が近い気がして、わずかに離す。絵画に生まれる完璧な構図を再現するみたいに、僕はコーヒーカップの位置を調整した。

「そういえば、絵画があったな」

「うん。そこの壁に立てかけてる」

　卯月が僕の部屋に迷い込んできたとき、あふれるもののなかに絵画があった。派手な金色の彫刻が、額縁にほどこされた絵画。

　卯月は席を立ち、壁際に置いた絵画のもとへ向かう。傷つけないようにするためか、彼女はシーツをかぶせていた。かなり大きな絵で、縦に一メートルほどはある。ちょうど、卯月の胸のあたりまでの高さだ。

　めくりあげると、その絵があらわれた。岩に腰かける女性と、裸の二人の子どもの絵。女性は赤い服と、青の長いローブを身にまとって、自分の前に立っている子どもたちを眺めている。女性の左にいる子どもは腰のあたりに布を巻いているが、右側の子は全裸だった。全裸の子どもは女性の足を無邪気に踏んでいる。腰に布を巻いた左側の子どもは、手に小さな小鳥をのせていた。

絵の評価は僕にはわからない。だからその絵画に施(ほどこ)されている額縁で、なんとなく、とても高価な絵なのだろうと察する。

「卯月、絵はくわしい？」

「漫画は好き」

「一〇〇年後くらいには、何かの漫画の原画がこうやって金縁(きんぶち)に収められてるかもね。それはともかく、僕も絵はからっきしだ。美術の教科書に載っていれば記憶にあるはずだけど、この絵は見たことがない」

「誰かの家にあったもの？」

「もしくはどこかの美術館か」

どことなく宗教的な雰囲気(ふんいき)のある絵画だと思った。だが何かのヒントになるか、それすらもわからない。卯月が自室からパソコンを持ってきたので、さっそく美術館の盗難事件について調べてみた。期待通りの結果は得られなかった。検索結果が膨大(ぼうだい)すぎたのだ。歴史的な窃盗(せっとう)事件ばかりを紹介する記事があふれていて、間近のニュースを知らせるものだけでも一〇件以上はあった。地道に探していくしかなさそうだった。

「絵の盗難事件を探すより、この絵の正体をつきとめたほうが早いかもしれない」

「展示されている美術館をそれでつきとめる？」

「そのとおり」

携帯を取り出し、僕は絵画を撮る。幸い、僕の頼れる友人はアートの道を日々邁進している。絵画にもきっと詳しいはずだ。卯月には引き続きネットの海で泳ぎ、探してもらうことにした。そういえば彼女は泳げるのだろうか。

「そろそろ学校に行かないと。卯月は？」

「行く。準備する」

彼女は自室へ向かい、引き戸でリビングの間を遮断する。服と肌のこすれる音が聞こえてきて、ドーナツを食べることに集中する。絵画を見ると、女性の足を踏んでいる裸の子供が、僕をとがめるような視線を送ってきていた。角度でそう見えるだけだ。

制服に着替え終えた卯月が戻ってくる。準備を済ませて（絵画にもしっかりとシーツをかけて）、マンションを出る。

登校中は案の定、無言の時間が続く。居心地の悪くないタイプの静寂、と表現できればよかったが、彼女との登校はまだ少し、気まずさやぎこちなさがあった。たまに話題を振ろうとすると、卯月とタイミングがかぶることもある。お互いの歯車がちゃんとはまっているか自信が持てず、ゆっくりと、慎重に運転している機械みたいだった。

「卯月、兄弟や姉妹は？」

「いない。一人っ子」

「そうか。僕もだ」

「それはよかった」

「うん、何より」

　何がよくて、何が何よりなのかわからない。たぶん彼女もわかっていない。そしてこのぎこちなさは、登校という状況が生んでいるもののせいだと気づいた。持ち主返却や彼女の力に関する話題のときは、二人でいてもこうはならない。自然に会話が発生して、自然な受け応えが交わされる。だけど僕らには、一緒に登校するという経験がまだ少ない。僕にいたってはそもそも、誰かと登校した経験すら少ない。

「卯月の家系に、同じような力を持っているひとは？」

「ひいおばあちゃん。会ったことはなかったけど。川島くんは？」

「父親がそうだと聞いてる。でも、物ごころつく前に亡くなっていたから、真偽はわからない。母が僕に父と同じ力があると気づいたときは、すごく喜んでた。親が味方っていうのは、幸運だったたな」

「島にいたころ、自由に飛び回っていいって私も言われた」

「自由に飛び回った？」

彼女は首を横に振る。

「そんなに。小学校のクラスメイトに促されたら、披露してたくらい」

「よくきみの秘密が守られたね」

「みんな秘密を持つのが好きだから」

「なるほど」

話題は相変わらず、彼女の力に関することだったけど、歯車がゆっくりと回り出すような感覚はあった。僕らが好きな映画や好きな音楽について話しながら学校に向かう光景も、決してイメージできないものではない気がする。

校門に近づく。卯月はまたコンビニに寄ると言って離れるのかなと思ったが、今回は一緒に昇降口まで歩いた。校舎のなかでの会話も一切なかった。上履き（うわばき）を履き替えるのが彼女のほうが早く、やがて先に進んで階段を上っていった。彼女は自分の存在がここで浮かないよう、神経をとがらせるのに必死なのだろう。中学時代の僕そのものだ。気持ちは痛いほどよくわかる。僕らの関係が明かされることはない。みんな秘密が好きだ。


蓮野が登校してきたのは昼休みが終わる間近のことだった。彼女は両手に縦長の木箱を抱えて登場した。クラスの何人かがぎょっとした目を向けて、すぐにそらした。よく見ると、木箱ではなく、木、そのものだった。縦長の木の塊を彼女は抱えている。

カバンもいつもと違い、黒いリュックサックを背負っていた。自分の席につき、床に下ろすと、ごん、と鈍い音が鳴った。廊下側にいる僕のほうまで聞こえてくる音だった。すべての荷物を下ろして、蓮野が近づいてくる。中学時代の僕だったら、いまの目立ちすぎる彼女から逃げていたかもしれない。卯月なら間違いなく逃げている。

「おはよう佐久。いやあ、吸血鬼に血を吸われて低血圧になっちゃって。起きたらこんな時間に」

「あの木の塊は何？」

「知り合いにもらった」

「知り合いにもらった木の塊をどうして持ってきた？」

「あとで見せるよ。で、訊きたいことっていうのは？」

蓮野には事前に知らせていた。そうでもしないと来てくれないと思ったからだ。だが本題に入る前に、ひとつクッションを挟むことにした。ちょうど聞きたいこともあった。

「きみ、この前、うちのマンションに侵入した？」

「いやしてないけど」

「だよな。マンションでちょっとしたニュースになってて。不審者が」

「真っ先に疑うのは友情的にどうなの？」

「悪かったよ」

「あたしはそんなことしない。佐久の部屋の暗証番号は知ってるけど勝手に入ったりはしない。ちゃんとインターホンを押す」

「そうだよな。いや違う待て。なんで暗証番号を知ってる」

「秘密よ」

「それは友情的にどうなの？」

「で、訊きたいことってそれだけ？」

別のことだ、と答え、僕は携帯で撮った絵画の写真を見せる。女性と二人の裸の子どもの絵。こちらが本題だ。

「これの絵画の名前が知りたいんだ」

「ルネサンス期の絵かな。どこかで見たことある。何、絵画に興味持ち始めたの？」

「そんなところだ。思い出せそうか？」

「ここまで出かかってる」

そう言って喉（のど）を指さずに、頭頂部を指すあたりが蓮野だった。それはつむじのあたりから、知識の芽として出てくるのだろうか。

思い出したら教える、と答えを保留して、蓮野は自分の席に戻っていった。放課後になり、緑化委員の仕事の時間になっても、彼女は思い出せないでいるようだった。というより蓮野の意識は、あの木の塊に逸れてしまっていた。校舎裏の掃除用具入れで竹箒を取り出している最中も、彼女は木の塊を手放さなかった。

体育館の裏のゴミが目立つと教員に相談されていたので、僕らはいつもの中庭ではなく、体育館裏に向かった。そこにも人目につかない非常階段があり、蓮野はいちもくさんに駆けて、自分の陣地を確保した。

リュックサックから出てきたのは彫刻道具だった。ノミやトンカチ、見たことのない形状の刃物まで、種類はさまざまだ。

「彫刻家に転身か？」

「これは息抜き」

「息抜きのほうがいつもより重装備だけど」

「作品の質が工数の多さで決まるなら、絵画はまさに一級品かもね」

「まだ思い出せないか？」

「いまは木を削る時間」

「違う、掃除の時間だ」

「木を削れば思い出せるかも」

「思い出せなかったらただじゃおかない」

僕がごみ袋を広げ、近くのペットボトルやジュースの紙パックを拾い始めるのとほぼ同時に、蓮野も彫刻を始めた。木のくずが無尽蔵(むじんぞう)にあたりに散らばっていく。サボるどころか、とうとう汚し始めた。洗練された精神を持っているとそういうことができる。

「あたしがあんただったらよかったのにね。すぐに思い出せた」

「うらやましいと?」

「どうだろう。佐久の嫌な思い出も聞いているからね」

こんな力いらない。欲しくて持っているんじゃない。卯月はそう言っていた。そして、いくつかの持ち物を、あるべき場所に返してきた。取り囲まれた米軍の兵隊たちから僕を救出し、踏切では大きな事故も防いだ。いまの彼女は、どう思っているのだろう。

僕が思考の旅に出ているうち、蓮野がリュックからさらにワイヤレスのスピーカーを取り出した。音楽プレーヤーを起動し、曲を流し始める。R.E.Mの『レディオ・フリー・ヨーロッパ』という曲だった。僕の大好きなアーティストでもあったが、あまりにも自由すぎると思った。

「音楽を流せば思い出せるかも」

「記憶を人質に取るな」

「あんたが言うと深いね」


蓮野は思い出さなかった。掘りかけの木の塊を掃除用具入れに隠し、知りあいの店の手伝いをしなければいけないと言って帰っていった。最低だった。

彼女が切り崩した木端(こっぱ)をちりとりで集め、僕も帰路につく。彼女への復讐(ふくしゅう)の方法を七通り考え付いたところで、電話がかかってきた。蓮野からだった。

「思い出した」

「もし思い出してなかったら、きみは僕の頭のなかで七回酷(ひど)い目にあっていた」

「なんの話？　まあいいや、本題ね。とにかくあたしが木を削ったおかげで判明したよ。具体的には、木を譲(ゆず)ってもらった代わりに店を手伝ってるんだけど、その知り合いが絵を知ってた」

「絵の正体は？」

「ラファエロ・サンティの『ひわの聖母』。女性はマリアで、手に鳥を抱えている子どもがヨハネ、そしてマリアの足を踏んでいるのがキリスト」

「有名なのか？」

「ルネサンスの三大巨匠の一人って言われてる。ちなみに残りの二人はレオナルド・ダ・ヴィンチとミケランジェロ。ラファエロは、こういう聖母が出てくる絵画をたくさん描いていたから、聖母の画家っていう呼び名もついてた」

「ダヴィンチとミケランジェロは僕でも聞いたことがある」

「盛期ルネッサンス時代の画家で、『ひわの聖母』は代表作とまではいかないけど、それでも立派に価値の高い絵画だね」

　卯月の部屋のリビングにはいま、ルネッサンス時代に書かれた絵画が置かれている。ダ・ヴィンチやミケランジェロと肩を並べる画家の絵に、彼女はベッドで使うような毛布をかけている。その価値を聞いたら気絶するのではないだろうか。詳細を伝えるときは、あまり多くを語らないことにする。

「ラファエロの生涯（しょうがい）についてネットで調べてみた」

「どうだった？」

「ラファエロの生涯なんてどうでもよくなるニュースを見つけた」

「……それは？」

「一週間くらい前、『ひわの聖母』が、イタリアのフィレンチェにあるウフィツィ美術館からなくなったんだって。盗難の可能性が高いみたい」

「イタリアのフィレンツェ」

「ねえ。一応聞くけどさ、佐久の撮ったそれ、本物じゃないよね？」

「僕はウフィツィ美術館には行ったことがない」

どこかの誰かはおそらく違う。眠っている間に。本人曰く、嫌な夢を見ている間に。

きっと無意識のうちに飛んで絵画に触れた。卯月、と心のなかで彼女を呼ぶ。これは危険なものに該当する。僕らが現地に返しに行ってはいけない代物だ。

「佐久が盗めるわけないしね。佐久じゃなくても、物理的に不可能」

「その通り。物理的に不可能」

「変なこと聞いてごめん。でもこの前言ってたじゃん。部屋にいきなりアザラシがあらわれたって。で、ほかにも身に覚えのないものがあって、そのなかには」

「絵画もあった」

「うん。そう言ってた」

「でも蓮野は僕のねつ造だと思ってる」

「だって、物理的に不可能だから」

会話が止まる。

僕は彼女に嘘をつきたくない。ただし秘密にしなければならないこともある。嘘をつかず、秘密を守ろうとすると、ひとの返答はぎこちなくなる。いまの僕がまさにそうだった。否定も肯定もせず、風がわずかでも起きないような丁寧(ていねい)な手つきで、前のめりになった蓮野の体と意識の向きを、そっと変えてやるだけ。

「教えてくれてありがとう」

「いいよ。じゃあ、また明日」

「また明日」

電話を切ると、ちょうどマンションの前まで帰りついていた。エレベーターに乗り、自分の部屋がある三階ではなく、卯月のいる七階を押す。到着する間、彼女に伝える内容を頭のなかでまとめる。

インターホンを押して、出てきた卯月の顔は真っ白になっていた。彼女はすでに制服から私服に着替えていた。

「どうしたんだ、その顔」

「トイレで吐いた。ストレスで」

「何のストレス？」

「調べてたら、絵画が何か分かった。イタリアのすごい美術館のものだった。ウフフフ美術館とか、そんな感じの名前」

「ウフィツィだ。そんな貴婦人の笑い方みたいな名前じゃない」

「とにかく、英語の記事で書いてあって、盗難って単語を見つけて、ストレスで吐いた」

「力の暴走は？　きみは精神が不安定になるとあちこちに飛んでしまうんだろ」

「それは大丈夫だった。でも、少し前の私だったら、暴走していたかも」

　いまの卯月はそれを抑えることができた。それは持ち主返却が順調に進んでいるおかげだろうか。トラックの事故を回避できたことによって、自信がついたからだろうか。とにかく彼女は以前よりもゆとりを持てている。僕にとっての大きな成果だった。

「この前のアフガニスタンの基地みたいなトラブルは起こしたくない。美術館に侵入なんてしたら、大騒ぎになる」

「私たちは現地にはいかない？」

「絵画だけを美術館に飛ばせるなら、そうしたほうがいい」

「できると思う。毛布か何かに包む？」

「痕跡を残したくないから、新品のシーツか何かを買おう」

　その調達は僕が行うことになった。彼女は絵画を飛ばすために精神を集中してもらう時間が必要である。

「いつ返す？　シーツを買ってきたらすぐ？」卯月が訊いてきた。

「美術館が閉館したあとがいいと思う。深夜とか」

「イタリアと日本の時差を調べないといけない」

リビングに二人で移動する。食卓にはパソコンが起動していて、彼女が見たという英語の記事が表示されたままだった。ウィンドウを閉じて、イタリアのフィレンツェと日本の時差を検索する。八時間。日本時間を八時間戻すと、フィレンツェの時刻になる。

「明日の朝、七時くらいにテレポートさせればいいと思う」

「川島くんは？」

「来るようにするよ。必要ならドーナツとコーヒーも持参する」

「普通のご飯が食べたい。たまごかけご飯とか」

「わかった。用意しよう。僕の役目はたまごかけご飯を用意すること」

「私はウルウル美術館についてもう少し写真を見てみる」

「ウフィツィだ。そんな泣きかけの子供みたいな名前じゃない」

持ち主返却に関する一通りの打ち合わせが終わる。朝の七時にまたここに来ることを約束して、僕は部屋を出ようとした。玄関のところでふと、思いついて振り返る。思ったよりも近くに彼女がいて、お互い、のけぞる。

「卯月、ところで夕飯は？」

「食べるけど」

「一人で？」

「いつも一人。たいてい、コンビニ」

容易に想像できる光景だった。ものがあふれたリビング。レトルトや弁当が食卓に置かれ、黙々と食事をとる彼女。おそらくテレビもついていない。

「今日、母親が夜勤でいないんだ。夕飯を自炊しないといけない。絵画にかけるシーツを買いに行くついでに、スーパーに寄ろうと思ってる。卯月もどうかな？　一人分つくるのも、二人分つくるのも変わらないし」

同じマンションなのにお互い一人きりでいるよりは、と補足する。卯月が薄く口をあける。目が合うとそらされた。前髪のなかに、瞳が隠れる。

「行く。準備する」

卯月は早足でリビングに引き返していった。夕飯を食べながら、彼女とどんな会話をしようか、僕は早くも考え始めていた。

夕飯が終わると、卯月はそそくさと帰っていった。もう少しゆっくりしていけばいいと言ったが、「やることがある」と断られた。やることとは、なんだろう。ウフィツィ美術館の館内に関する情報収集だろうか。

便利なテレポートの力は使わず、彼女は自分の足で玄関から出ていった。日常でズルはしない。卯月のなかの絶対的なルールだ。ルールというよりは呪縛かもしれない。僕がかつて、そう感じていたように。

朝の登校時にも浮き彫りになったが、僕と卯月は、自分が持っている力に対するスタンスが異なる。どれが正解かという問題ではない。価値観や人間性の問題で、それは他人が無遠慮に口を出してはいけない。

寝る前に自分でも、ラファエロの『ひわの聖母』について調べてみた。ひわとは鳥のことで、ヨハネが手に持っていたあの小鳥を指しているとわかった。ひわは足が弱く、ひとが捕獲しようとしたり、巣から落ちたりするだけですぐに死んでしまうほど繊細な鳥だった。名は体をあらわすとはこの鳥にあるような言葉で、弱い鳥と記して鶸と書く。

鳥と聞いて思い出す。卯月のテレポートを表現するとき、僕は無意識に飛ぶという言葉を使っていた。厳密に喩えるなら、「消える」や「移動する」が正解だろう。それでも僕の頭のなかでは、飛ぶという表現がしっくりきていた。根拠はなく感覚だった。これからもその認識が変わることはないと思う。

彼女が自由に空を飛びまわる、そんな日はくるだろうか。


セットした目ざましが七時ちょうどに鳴る。僕は着替えと歯磨き(はみが)きを済ませて、炊飯器(すいはんき)で保温しておいたご飯をタッパーに入れ、卵を二つ持って家を出た。

七階につくと、卯月がドアを開けて待っていた。廊下(ろうか)で目が合うと、彼女が小さくお辞儀(じぎ)をしてくる。こんなことは初めてだった。妙にそわそわしている。たまごかけご飯を楽しみにしていたのか、もしくは別の理由か。

「絵画に何か問題があった?」僕が訊いた。

「別に、何もないけど。どうして」

「そわそわしてるように見えたから」

「……気のせい」

昨日の夜を思い出す。やることがある、と言って早々に帰っていった彼女。何かを隠しているような気がする。

自転車もなくなり、きれいに片付いた廊下を進みながら、卯月の後ろをついてリビングに向かう。

時間は七時二〇分をまわっていた。食卓にお椀や食器を用意していく。ご飯とたまごの準備はばっちりだった。醤油は彼女の家のものを使わせてもらう。

「僕のほうはいつでも」

「ウフィツィ美術館に絵画を返す」

正式名称をしっかり答えられた彼女は、絵画のほうに歩み寄っていく。

絵画の返却は、拍子ぬけするほどあっという間に終わった。シーツにくるまれた『ひわの聖母』に卯月が触れると、一瞬後には飛んでいってしまった。卯月は仕事の終了を告げる合図として、ひとつ、大きな息を吐いた。

今頃、現地のウフィツィ美術館では大騒ぎをしている頃だろうか。フィレンツェの現地メディアはすぐに絵画が取り戻されたことを伝えるだろう。英語に翻訳され、芸術にアンテナを持つ人々のもとにそれが知らされる。絵画は返却された。

僕らはテーブルをはさんで、たまごかけご飯を食べた。絵画がリビングから去ったことにより、いくらかスペースも生まれ、ものを整理することができた。卯月はとうとう、インターホンのモニターを確認するスペースを手に入れていた。

「お椀は洗っておく」卯月が言った。

「ありがとう、それじゃあ、僕は登校の準備をしに戻るよ」

「あ、待って」

「どうした？」

　廊下に向かいかけた足を止める。振り返ると、卯月は椅子(いす)から身を乗り出していた。伸ばした手をあわてて引っ込めたのが見えた。

「川島くん。九時に、またここに来てほしい」

「九時？　でもその時間だともう授業が始まる」

「確かに学校は大切。だけど……」

　卯月はうつむいてしまう。話したいけど話せない、その態度に既視感(きしかん)を覚える。昨日、蓮野に対して僕がとったリアクションと同じだった。嘘はつきたくない。でも秘密は話せない。その二つの葛藤(かっとう)に挟まれると、ひとはぎこちない動きをする。

「わかった。九時、ここに来るようにする」

「待ってる」

　九時までは一時間半ほど。家同士が近いとはいえ、一度戻ってまたここに来るというのは、正直にいえば手間だった。だけどそうしなければいけない気がした。たまごかけご飯を美味しく食べるのに順序があるように、この行動にも意味がある。

　卯月の家を出て、エレベーターに乗る。三階の自分の家に戻ると母親が帰宅していた。ドライヤーで髪を乾かし終え、いまから就寝するつもりのようだった。

「昨日、お客さんを呼んだ」僕は素直に報告した。

「江奈ちゃん？」

「蓮野じゃない。卯月っていう同じ学校の女子。このマンションに住んでるんだ」

「へえ、そうなのね。佐久には江奈ちゃんしか友達がいないと思ってた」

「たまに呼んでもいいかな？」

「いいよ。ただし女性のことは、きちんと尊重すること」

「何を言いたいのかはわかるけど、そういうんじゃない」

　やっぱり卯月の部屋で待機していればよかったと後悔する。母の追及から逃れるために、部屋に戻る。それから読書をして、九時になるまで時間をつぶした。蓮野には『天使と悪魔が部屋で激しい戦闘を繰り広げていて遅れる』とメッセージを送った。人魚に吸血鬼、ときて、そろそろネタ切れが心配になってくる。

　時間ぴったりに彼女のいる七階につき、インターホンを押す。スピーカーから「入って」と返事があった。ドアを開ける。鍵をかけたほうがいいと思う。

リビングにいる卯月は、白のダウンジャケットを着ていた。秋口にしては暖かすぎる服装だ。これから気温も上がる予報である。

僕が何か質問する前に、卯月は椅子にかけていたコートを寄こしてきた。

「お父さんのやつ。持ってきた。たぶん着れると思う」

「これを着て、どこかに行くのか？」

「まず玄関に」

廊下を移動し、玄関で靴(くつ)を履(は)かされた。卯月も玄関スペースのなかに身をおさめてくる。あまり広いスペースではなく、ちょっと動けば肩が触れそうだった。

「あとこれもつけて」

渡してきたのはバンダナだった。頭に巻くと、「違う」と怒られた。どうやら僕に目を隠してほしかったようだ。大人しく従い、僕は自分の視界を封じる。淡い光は届くが、ほぼ何も見えなくなる。コートは少し埃(ほこり)っぽい臭(にお)いがしたが、サイズは問題なかった。

「手を出して」

言われたとおり、前に出すと、その手を卯月が握ってきた。男のひとと手を握ったことがない、と動揺(どうよう)していた彼女はもうそこにはいなかった。あらためて握った卯月の手は思ったほど小さくはなく、ひんやりとしていて、気持ちが良かった。

そして。

卯月の、玄関のドアを開ける音がして。

一歩進み。

ぐん、と体の引っ張られる感覚。

僕がよろけると、卯月が受け止めるように支えてくれた。空気ががらりと変わるのを、その肌で感じる。冷たく、乾いた感じ。どこかに移動して、いま、僕は外にいる。だけど踏み出したそこは、おそらくマンションの廊下ではない。

風がわずかにうなる音。足元がごつごつとしていて、数センチ動くたびによろけそうになる。安定しない足場。顔の位置を動かすと、光が特段に強い方角があった。陽の光だとわかった。

「取っていいよ」卯月が言った。

「目隠しをしてまで、いったいどこに連れて……」

バンダナを取って、そこから先の言葉が、続かなかった。

広がるのは、息を呑む光景だった。

口が開きっぱなしになる。

何段にも連なる岩肌。

色彩のあざやかな地層。

呑み込まれそうなほど深い渓谷。

そして夕日が崖の一面を焼き、思わず祈りたくなるような赤褐色を見せる。

「川島くん、来たいって言っていたから」

「グランドキャニオン……」

確かに卯月に明かしたことがあった。米軍の基地に行く前、リラックスしてもらうために、ちょっとした話題を振ったときだ。あのときの言葉は嘘じゃない。でまかせで言ったのではない。僕は本当にここに来たかった。人生であと一か所しか外出できないと言われたら、迷わずここを選ぶほどだった。彼女はそれを覚えていてくれた。

「卯月。なんというか、その、……言葉が見つからない」

「借りは返すと言ったから。学校、サボらせてごめん」

「はは、誰にもできない返し方だよ。この光景に比べたら、学校なんてクソだ」

興奮しすぎで、思わず汚い言葉が口をついてでる。そっと卯月を見ると、ほほ笑んでくれていた。その頰や髪が、夕日に照らされる。コロラド川が何億年もかけて削ったつくりあげた渓谷を照らしているのと同じ夕日が、僕らにも当たっている。

腰かけるのにちょうどいい岩を卯月が見つけてくれた。僕は彼女に呼ばれるまでずっと立ち尽くしていた。いつまででも立っていられる。疲労など気になるはずがない。まわりに観光客の姿はなく、自然保護区のなかなのだろうかと予想する。特等席だ。

「本当に、夢だったんだ。ここに来るのが。ここの景色を見たいとずっと願ってきた。小さいころは図鑑で見た。高校生になっても、写真や映像で何度も見た場所。だけど実物にはかなわない。本当にすごいよ」

　肌で感じる風や、夕日、視界を埋め尽くす渓谷。ずっとここにいられる。今日ほど、直観記憶の力があることをうれしいと思ったことはない。僕は目に焼き付ける。

「夕日がきれいだと聞いたから。この時間にきた」

「なるほど、時差を計算していたのか。だから九時に」

「人目につかない場所とか、いろいろ探してた」

「昨日の夜、やることがあると言って帰ったのはそれが理由か」

　卯月が用意してくれたサプライズ。彼女にしかできない、ほかの誰にも真似（まね）できない、借りの返し方。

　卯月が予想したとおり、やがてグランドキャニオンの絶景のなかでも、究極の時間が訪れる。夕日が沈む瞬間、大地を最も赤く、明るく照らす。地平線に沈んでいく夕日は、日本で見るのとはサイズが違う。

「お礼を言いたかった」

卯月がぽつりとこぼす。渓谷から視線をそらし、僕は彼女を見る。

「いつも手伝ってくれて、ありがとう」

「いいんだよ。それに僕は、ほとんど何もしていない。持ち主に返すと決めたのも、最終的には卯月だ」

「でも川島くんに言われなかったら、きっとあのままだったから」

少しは何かの役に立てただろうか。持ち主返却を、始めて良かったと思ってくれているだろうか。彼女の自信に、つながっただろうか。

コートを着ているとはいえ、少し体が冷えた。手に息を吹きかけていると、ちょっと待ってて、と言い残し、卯月が姿を消した。数分待って、再び戻ってきた彼女は温かい缶コーヒーを持っていた。マンションの前の自販機で買ってきたという。グランドキャニオンから、ふらりとマンションの前の自販機に寄って、戻ってくる。ものすごい芸当だ。僕はこらえきれずに笑った。卯月も笑った。そうやって二人で、たくさん笑った。

二人で温かい缶コーヒーを飲みながら、渓谷を眺める。僕が雑学を披露しても、卯月はうっとうしがらず、黙って聞いてくれた。適度にあいづちもしてくれて、たまに質問も返してくれた。そうやって贅沢（ぜいたく）な時間を過ごしていった。普段、私利私欲（しりしよく）のためには力を使わない彼女が、僕のために見せてくれた光景を、一生忘れることはない。

「きみの力はひとを幸せにできる。僕はそう思う。少なくとも、いまの僕はそうだ」

「私がひとを？」

「抱えていて、トラブルに見舞われることもあるかもしれない。けど、きみはトラックの事故だって防いだ。きみの力がなければ叶っていない」

　私が幸せに、と卯月がつぶやく。視線は渓谷に向いている。夕日が沈みかけている。陽が当たらない岩肌は、黒く、夜に塗りつぶされようとしていた。

「だめだよ」

　小さく、ただしはっきりとした口調で卯月が答えた。走りかけた彼女を、誰かが強引に肩をつかみ、連れ戻すようなイメージが湧いた。

「私はひとを幸せになんてできない。役に立つことなんてない。だって、私は一度、ひとを傷つけているから」

「傷つけている？」

「取り返しのつかない失敗をした」

　彼女の顔にかかっていた夕日の光も落ちて、とたんに表情が見えなくなる。卯月には秘密がある。触れられたくない過去がある。僕はまだそれを知らない。

「川島くんのグランドキャニオンの話、もっと聞きたい」

「少し長くなるけど」

「長くなる話が聞きたい」

態度も、口調も、意思の示し方も、いつもの卯月に戻っていた。それまでの会話が嘘であると勘違いしてしまうくらい、彼女のはぐらかし方は上手だった。缶コーヒーを飲みほし、僕は希望通り話を再開させた。

渓谷に夜が訪れる。

第三章

おやすみ、過去の夢

ある朝、蓮野（はすの）から電話がかかってきた。あまりにも珍しいタイミングだった。出るのをためらっていると、着信音が強くなったような気がして、しぶしぶ電話に出た。

「ラファエロの絵が戻ってきたらしいよ」開口一番に蓮野は言った。

「『ひわの聖母』の絵画」

「そう。つい昨日、アート系のニュースメディアに記事が出てた。ウフィツィ美術館からこつぜんと消えた絵画が、散歩をして帰ってきた猫みたいに、ひょっこり戻ってきた」

「聖母たちもフィレンツェを見て回りたかったんだろう」

「とぼけないで。あたしが言いたいこと、わかるよね？」

蓮野にしてはわかりやすく興奮していた。わざとそうしているのかもしれない。僕が下手（へた）なごまかしをしないように。

「佐久がどこで撮ったかもわからない、『ひわの聖母』の絵画の写真を見せてきた。その直前に『ひわの聖母』はウフィツィ美術館から盗難された」

「盗難とは限らない。紛失かもしれない」

「絵画に足が生えていない限りは盗難よ」

もしくはテレポート能力を暴走させてしまった女子高生がいない限り。

彼女のことは明かせない。明かすとしてもまず卯月自身の了解が必要だ。その間は否定も肯定もできない。と言っても、彼女の正体にたどり着く情報を、すでにかなり漏らしてしまっている。

「あたしが佐久に絵画の名前を教えた。そのとたん、翌日には絵画が返却された。ぜんぶ偶然だって言うの？」

「偶然かもしれない。イタリアから遠く離れた辺境の地に絵画盗難のニュースが届くのと、絵画が返却されたタイミングがたまたま重なった。それで僕の行動と地続きに見えてくる。そういう可能性だってある」

「別の可能性もある」

「蓮野はこう解釈してるのか？　僕がウフィツィ美術館から絵画を盗み、その価値を知ったあと、なんらかの理由で興味をなくし、美術館にまた返却した。たった一日で」

「物理的にはありえない。でもイタリアに協力者がいるかもしれない」

「僕にイタリアの協力者はいない。日本にだって友達が少ない。きみが一番よく知っているはずだ」

とうとつに名前が出て、思わず唾を飲む。その反応がよくなかった。明らかな間を置いてしまった。ためをつくってしまった。何かあると回答しているようなものだ。

「どうして卯月が出てくる？」

「最近、知りあったんでしょう？　そのことについても佐久は話さない。何か関係があるんじゃないの？」

「卯月にもイタリアの関係者はいない」

「もしくは卯月さんが直接イタリアに足を運んだか」

「どうやって？」

「飛行機とか」

「卯月は毎日、ちゃんと学校に通っている」

「そうみたいだね。あたしも彼女がいるB組、のぞいてみたよ。ぱっと見は地味な印象の子だった。教室に一人でいるところは、あたしや佐久と同じかもね。でも何が特別なのかはわからなかった。そして、盗みなんてする度胸はまずないと思う」

「卯月は盗みなんてしない」

「でも、本人の意思とは関係なかったら？　たとえば本人が望んでいなくても、別の形で結果的に盗んでいたら？」

　ひとつのものに食いついたときの蓮野は本当におそろしい。その集中力はデッサンやスケッチで培ったものだろう。アーティストに必要なもののひとつは、おそらく観察眼だ。技術的にはまだ発展途上だとしても、蓮野にはその一番大切なものが備わっている。そして彼女の武器はいま、僕に対して向けられている。それもすさまじい精度で。このままでは、蓮野が真実をスケッチするのは時間の問題だろう。

「なあ蓮野」

「なあに」

「これ以上、何も聞かないでいてほしい」

「それ、事実上の降服宣言？」

「どう受け止めるかは自由だ」

「佐久は嘘が苦手だもんね」

「得意とは言えない」

「嘘をつくのも得意じゃないけど、あんたがそれ以上に苦手なのは、嘘をついたあとに、それを信じた相手の顔や、裏切られた顔を見ることでしょう。一度見たら、忘れられないから」

「いじわるしないでくれ」

「ちょっとぐらいいいでしょ。秘密にしている罰よ」

「悪かったよ。でも誰にだって秘密はある」

「そうだね、あたしにもある。そして秘密のない人間はつまらない」

だとしたら、つまらない人間などこの世にはいないのかもしれない。蓮野はひとつ間をおいて、こう続ける。

「それにしても、ここまで強情なのもめずらしい。卯月さんはよっぽど特別なんだね。何が佐久をそこまで駆り立てているんだろう。正体はなんだろう。おかしなことといえば、部屋にアザラシがいたとかいう件も、まだもやもやしてる。そこにも絵画が出てきたし。そうだ、確かあんたこうも言ってた。部屋に女の子が」

「蓮野」

「……わかった、ごめん、もう詮索しない。あんたに何か尋ねることはしない。でも思考は止められない。それは許してほしい」

「うん。思考はひとに与えられた最大の自由だ」

「そして登校も学生に与えられた最大の自由。ということで、今日あたし休むから。そもそも、それを伝えるために電話したんだった」

「風邪(かぜ)か何か?」

「コンクールに出す絵を描いてる。集中したい。賞に興味はないけど、ひとを黙らせるのに肩書きはあったほうがいい」

蓮野は常に将来を見据えて行動している。明確な目標があって、そのための道を歩んでいる。まぶしくて、うらやましい。それは僕や、おそらく卯月にはないものだ。彼女の将来を叶えるのに学校は必要ない。高校での友人は少ない代わりに、彼女は学校外の人脈が広い。中学のころもそういう印象があった。そこまで考えて、思いつく。

「その絵を描き終わったあとでいいから、ひとつ頼み事があるんだけど」

「まさかまた、何も聞かずに、とか言わないよね?」

「なんでも言うことをひとつ聞くから」

「あんたはいま、最大の自由を手放した」

僕は笑った。電話の奥で、たぶん蓮野も笑った。自由をひとつ差し出すかわりに、彼女は協力を受け入れてくれた。頼み事というのは、もちろん、卯月や持ち主返却に関することだ。

「それで、頼み事って具体的には?」

蓮野のいない学校に興味はない。クラスでは一人だし、誰かに話しかけることも、その逆もない。交流は入学したころから諦めている。

学校にいる間は、卯月と会話することもない。たぶんお互いにこう思っている。自分が話をしようと、よそのクラスに出向いたりしたら、相手を注目させることになるかもしれない。視線を浴びて、浮いてしまうかもしれない。ほとんどは気のせいだし、気にし過ぎであることはわかっているけど、可能性がゼロではない限り、油断はできない。

緑化委員の仕事をこなしてから帰るので、放課後に一緒に下校することもない。だから卯月と話をするのは通学中か、帰宅後かのどちらかだった。たいていは僕が卯月の部屋に訪れる回数が多く、今日もその通りになった。ただし、最近は彼女のほうが僕の部屋に来ることもある。なんとテレポートを使ってやってくる日もあった。

「迷惑じゃない？」

お茶を淹れながら卯月が訊いてくる。背後のリビングは、数週間前とは見間違えるように片付いてきている。

「いつでも来てくれていいよ。この前の食材のおすそわけも、母さんは喜んでた」

「よかった。実家から送られてくるけど、いつも余らせて腐っちゃうから」

「でも、部屋にいきなりあらわれるのは勘弁してくれ。心臓がもたない」

「わかった。次からはノックする」

　相変わらず、持ち主返却のときだけは可能な限り自分の足で帰ろうとする。だけど日常のちょっとした作業にはテレポートを挟みだしていて、その姿が、少し面白かった。飛び方を覚えたばかりの鳥が、自分の羽を試すのに似ている。

「このお茶っ葉と急須（きゅうす）も実家からの仕送りで？」

「食材と一緒に入ってた」

　お茶を淹れ終えた急須に卯月が触れると、目の前から消える。一瞬後には台所のシンクのほうから、がこん、と移動した音が聞こえてくる。

　リビングに保管されている品物の数は、いままでは初めて目にしたときの三分の一ほどになっていた。床のフローリングも見えるし、窓のあたりはスペースが空いて開放的になっている。テレビの周辺も片づけられて、リモコンの赤外線がしっかり届くようになった。もう本体をいじってチャンネルを変える必要はない。

「このままいけば、来月には持ち主返却の旅は終わりそうだ」

「旅が終わる」

　卯月がつぶやいた。うつむき、表情は見えない。前髪に隠れて瞳の動きもわからない。

喜んでくれているだろうか。安心してくれているだろうか。

「でも、ここからが難しそう」卯月が言った。

「ああ。僕らが後回しにしてきたものだからね」

グランドキャニオンから帰ってきて以降も、僕らは精力的に持ち主返却を続けている。うまくいくこともあったし、いかないこともあった。つまずくのはたいてい、持ち主の情報があまりにも少ないものを探すときだ。ダンベルやコート、はさみ、グラス、スピーカー、その他多くのもの。アザラシや絵画、銃器とは違って、明確な持ち主や所在場所がわからない。そういったものは後回しにしてきた。いまリビングに残っているもののほとんどは、後回しにされた迷子の品物である。

簡単なものから順番に返していき、いま、そのツケが回ってきている状態だが、希望がないわけではなかった。今日の朝、僕はとうとうそれをつかんだ。

「友人の蓮野を覚えてる？」

「哲学的なことを言う友達。緑化委員で、一緒に仕事をしている」

「そう。そいつに今日の朝、相談してみたんだ」

「どうやって相談したの？」

「『大量の落とし物を拾ったときはどうすればいい？』って」

「答えは返ってきた？」

「知り合いに質屋を営んでいるひとがいるそうだ。そのひとと話をつけてもらうことになった。蓮野は店の手伝いをたまにしていて、顔も利くらしい。この前は木の塊を譲ってもらっていたよ」

「質屋さんに持っていって、もしかして、売るの？」

「そうではないみたいだ。詳しくは教えてくれなかったけど、面白い方法があるって言ってた。いくつか持っていって、頼ってみよう」

「わかった。私はいつでも空いてる」

卯月がお茶を飲む。口をつけて、喉が動くのを眺める。一連の動作が済むのを確認して、僕はもうひとつの報告を知らせる。

「蓮野は絵画の件でも手伝ってくれた。頼りになる。だけどその分、きみの秘密に触れる機会も増えてしまった。僕のせいだ。ごめん」

「そのひとはもう知ってる？」

「確信するというところまではいっていないと思う。でも予想は立てている。それもかなり精度の高い予想だ」

蓮野は詮索はしないと約束してくれた。それ自体は信用できる。けど、彼女が本気になれば事実はあっけなく明らかになる。卯月のもとに蓮野が乗り込んで、ひとつふたつ質問をする。それだけで蓮野は確信するだろう。僕が最初に報告した、部屋にアザラシがいたという話が、嘘ではなかったことを。

「力をひとには知られたくない。自分から明かすこともしたくない」

卯月は答える。

「でも、川島(かわしま)くんの友達なら信じられると思う」

「……明かしてもいいと？」

「近いうちに。でも明かすなら自分で話したい」

「わかった。僕もそれがいいと思う」

「たとえば、持ち主返却がぜんぶ終わったら」

「うん。そうしよう」

持ち主への返却がすべて終わったら。

考えるべきなのは、蓮野に関することだけじゃない。

終わったあとはどうなるのだろう。元々は僕のほうから強引に説得し、彼女に自信を持ってもらおうと、始めたことだった。自分の力に負い目を感じ、必要ないとすら願う卯月が他人事(ひとごと)に思えなかったから。

関わっていくうち、卯月の力のことや、それがどういった仕組みで暴走するのかを知った。当初の目的を叶えるという意味では、持ち主の返却というのは、あくまでも手段にすぎない。対症療法であることを忘れてはいけない。彼女は力を暴走させることで、あちこちに飛び、触れたものを無差別に運んできてしまう。本当に解決しなければいけないのは卯月の暴走の源を断つことだ。

何が彼女の力を暴走させるのか。

何が彼女の精神を、不安定にさせたのか。

『嫌な夢を見た』

持ち主返却の旅を始める前、卯月はそれが、力を暴走させた原因だと語った。そのときに浮かべた表情を僕は覚えている。そしてつい最近、同じ表情を浮かべたことも。

『取り返しのつかない失敗をした』

陽が沈むグランドキャニオンで、一瞬だけ見せた彼女の表情。すぐに隠れ、消えていった秘密。蓮野は秘密のない人間はつまらないと言う。だけど逆もまたしかり。秘密のある人間が、必ずしも面白い過去を持っているとは限らない。

「佐久は一度見たらなんでも覚えていられるもんな。先生にだって褒められる。だからもうこんなもの必要ないだろ」

　小学校の頃、一番仲の良かった彼はそう言って、僕の教科書をやぶり、川に捨てた。彼は後ろで見張っていたグループのほうに戻っていき、そのまま僕を置いて帰っていった。彼は一度だけ振り返り、表情で察するように求めてきた。許してくれ。こうするしかない。運が悪かったんだ。おれはお前を助けられない。おれは標的になるわけにはいかない。

　教科書のかけらが浮く水面、つかんだ手すりの冷たさ、はいていたスニーカーの紐が左だけ緩んでいたこと。そういった覚えているすべてのことが、夢にあらわれた。僕だけが高校のいまの体つきになっていて、それ以外はすべて記憶の通りだった。

　起きたとき、少し汗をかいていた。蓮野の言葉を思い出す。普通な人間はいない。いるのは足を引っ張る平凡な人間だけ。他人は他人。自分は自分。それでいい。僕をそうやって励ましてくれた言葉。

　それからグランドキャニオンのことを思い出す。卯月が僕のために力を使い、見せてくれた光景が、意識を覆い尽くす。

　洗面台で顔を洗っているうちに楽になり、忘れることができた。厳密には記憶し続けるけれど、意識が向かうことはない。記憶の書斎の、一番奥の棚にしまわれている。

インターホンが鳴る。エントランスのモニターを確認すると、アップになっている蓮野が映し出された。彼女はモニターに顔を映すのが下手だ。黙って鍵を開ける。

再び部屋のインターホンが鳴り、開けると私服の彼女が立っていた。いつも着ているパーカーと七分丈のジーンズ。今日も学校にはいかないらしい。

「質屋のアポが取れたから、報告にきた。明日の土曜、午前中なら空いてるって」

「わかった。時間をつくる」

「店の名前は『風見鶏』。店主は風見さん」

「風見鶏の風見さん。なるほど覚えやすい」

「これ、住所のメモ」

メモを受け取ったとき、蓮野が反対の右手に紙袋を持っていることに気づく。視線を察して、彼女が中身を見せてくる。彫刻刀が入っていた。

「行くならこれ、返しておいて」

「わかった。ところで風見さんってどんなひと?」

「名前は陽太さん。婿に入ってて苗字が変わってる。旧姓は凪野。おでこが広い。目が細い。妻の名前は……」

「そうじゃなくて、どういう雰囲気のひとって意味だ」

「別に。怖いひとじゃないよ。やさしいってわけでもないけど。淡泊（たんぱく）かな。どんな年のひとでも対等に接してくれるよ。年下だからって変な遠慮（えんりょ）はしてこない」

「それはいいね。信用できそう。安心して荷物を預けられる」

「大量の落とし物を拾った、だっけ？」

「そういうことにしてほしい。風見さんはどうやって落とし物の持ち主を見つけてくれるんだ？　質屋のツテか何かを使うとか？」

「ネットの技術を使う。つまりＳＮＳ。あのひと、変わったアカウントを持ってて、けっこうフォロワーがいる」

「変わったアカウント？」

「元々は質屋に流れてくる商品を宣伝してたんだけど、あるとき、客から持ち込まれた落とし物の写真を載せたんだって。それがたまたま盛り上がって、落とし主に無事届けられたことがあったみたい。それ以降、落とし物と落とし主を仲介（ちゅうかい）する専用のアカウントみたいになった」

「なるほど。ひとまず僕は、風見さんのもとに落とし物を持っていけばいいのか」

「そしてあたしは何も聞かずに仲介を終えて手を引く」

「願いをひとつ聞くから許してくれ」

「その願いも今日、伝えにきた。再来週からテスト週間に入るでしょ。緑化委員の仕事もなくなる。つまり放課後、非常階段でスケッチを描く時間がなくなる。代わりに佐久の部屋で描かせてほしい。落ち着くから」

「わかった。使っていい」

願いとして聞くまでもなく、蓮野は頻繁に部屋に遊びにくる。そもそも緑化委員の仕事がなくなったとしても、非常階段でスケッチができなくなるわけではない。拾いあげれば疑問はいくらでもあったがすべて呑み込んだ。貸しをそれでチャラにしてくれるというのなら、僕には喜んでうなずく義務がある。

蓮野が帰っていくと、さっそく卯月に連絡を取った。問題ない、と短く返事があった。土曜日の午前中、僕らは風見鶏の風見さんに会いに行く。

例の質屋がある通りから、少し外れた裏路地に着地する。テレポートした直後にやってくる、恒例の重力のおしくらまんじゅうにもいまでは慣れて、ふらつかず、しっかりと地面を踏むことができていた。

組んでいた腕をほどく。裾をつかんだり、手をつないだりしなかったのにはわけがある。

僕らは二人でひとつずつ、両手で段ボール箱を抱えていたからだ。なかには入れることができるだけの落とし物が入っている。正確には落とし物ではないが、風見さんに伝えるときはこの呼び方で統一しなければいけない。風見さんは落とし物しか受け付けてくれない。

メモに書かれた通りの住所に、質屋『風見鶏』はあった。駅近くの大型の停留所のすぐ横に建っている平屋で、木彫りの看板がつるされている。ガレージもそなえつけられており、いまは車が停められていた。ドアの両側はショーウィンドウになっていて、右側がカメラやタブレット類、左側はブランドもののバッグが置かれている。

自動ドアが開き、僕らは店内に入る。広くもなく、狭くもないスペースだった。教室の半分ほどだろうか。客が四人入ればけっこう窮屈(きゅうくつ)になりそうだ。

カウンターの奥から男性がやってくる。広いおでこに細い目。胸元の名札に『風見』とあり、蓮野の言っていた店主だとわかった。

「こんにちは、蓮野から紹介されてうかがいました。川島と申します」

卯月です、と横で彼女が小さく続いた。人見知りで声がしぼんだというより、持っている荷物が重いせいだろう。

「段ボールの中身が、例の落とし物？」風見さんが訊いてきた。

「一部を持ってきました。まだ家にあります」

「それで一部か」

言葉のニュアンスでは驚いている風だったが、顔には出ていない。なるほど、確かに淡泊だった。

「とりあえず、カウンターに載せちゃっていいよ」

「ありがとうございます」

順番に載せていく。載せた先から風見さんが箱を開いて中身を確認していく。遠慮がない。ひとによっては無愛想と取れるかもしれないし、簡潔でわかりやすいと好感を抱かれるかもしれない。

「おいミキぃ、手伝ってくれ」

風見さんがカウンターの奥にいるらしい、ミキというひとを呼ぶ。数秒後、若い男性がのれんをくぐり出てきた。僕らよりも二歳か三歳ほど年上に見えた。名札は『遠屋(とおや)』とある。ここで働いている従業員だろう。ミキさんも加わり、段ボールの中身が広げられる。

ミキさんはそれをリストにして整理を始めた。

「少し時間がかかるので、店内をながめていてください」ミキさんが言った。その笑顔でいくらかリラックスできた。

風見さんとミキさんは息のあったペースでものを整理していく。

僕と卯月は店内を眺めて時間を過ごした。統一感はなく、本当にいろいろな品物が並んでいる。まるで卯月のリビングにあったものを、そのまま展示しているようだった。

壁にたてかけられたサーフボードはウミガメのイラストが描かれている。その横の陳列棚にはホームベーカリーが置かれていた。ティーカップの高そうなセットも並んでいる。青い鳥が羽ばたいている切手がきれいだった。切手のコレクションもある。その横には実験器具のセットだろうか、メスシリンダーやフラスコなども置かれていた。卯月は一番下の段に置かれている八ミリカメラに興味をしめしていた。映画撮影用のものだろう。カメラには『売却済み』のテープが張られていた。

風見さんと目が合うと、こい、と手まねきしてきた。商品をゆっくり眺めるのを待っていてくれたらしい。ミキさんはすでに消えていた。

「どうやら本当に落とし物みたいだな」風見さんが言った。

「どういう意味ですか?」

「たまに万引きしたものを持ち込んでくる客もいるんだ。でもこの箱のなかにあるのは、ぜんぶ誰かの私物だ。商品じゃない。蓮野の紹介だから信用していなかったわけじゃないけど、とにかく安心したよ。私物だからって盗みじゃない可能性がなくなるわけじゃないが、きみたちにそういう雰囲気は感じない」

風見さんに言われて、ようやく気付いた。確かにその通りだ。卯月の運んできてしまったものは、統一性も法則も何もないと思っていた。だけどひとつだけ共通点がある。それは商品ではないという点だ。どこかの店から持ってきてしまったものがひとつもない。

卯月のほうをそっと見るが、本人はぴんときていない様子だった。それが何か重要なことなの？　という顔だ。自覚はない。もしかしたら、卯月の無意識による抵抗の結果だったのかもしれない。だとしたら、僕の思っている以上に彼女は、自分を律している。

「さて一応確認だ。この落とし物はＳＮＳのアカウントに写真を載せる。持ち主があらわれたら、本人確認をして渡す。それでいいか？」

「はい。謝礼のようなものもいりません」

「うちも基本は受け取らない。業務ではなく、あくまでも趣味の範囲で行うから。だから結果に対してもあまり期待しないでほしい」

「わかりました。持ち主が見つかった場合、連絡をくださると嬉しいんですが」

「そうするよ。電話番号とアドレスを伝える」

「ありがとうございます」

「きみは、見たものなら何でも覚えていられるんだっけか。じゃあ書いたメモを一瞬見せるだけでもいいわけだ」

「そういうことになります。僕のこと、そんなに驚かれないんですね？」

「変な奴らはいくらでも知ってる」

商売柄、という意味だろうか。変なやつら、という単語で卯月が僕の背後に隠れたのが面白かった。

とにかく風見さんは電話番号とアドレスを教えてくれた。無事、落とし物も引き取ってもらえて何よりだ。背後の卯月も、ようやく、ほっとしたような表情を浮かべている。

「拾った落とし物は、あと段ボール箱何箱分くらいあるんだ？」

「わかりません。四箱か、五箱。それ以上かも」

「了解」

どうしてそんなに他人の私物を持っているのか、普通なら気になる場面だろう。訊かれたときの答えも一応用意していたが、風見さんが訊ねてくることはなかった。さすが蓮野の知り合いだった。

「それにしてもすごいですね。ＳＮＳで人気のアカウントだって聞きました」

「商売に影響してくれるならもっといいけどな。残念ながら、フォロワーの数はそのまま人気の数ってわけじゃない」

「でも、落とし物はしっかり届けられているのでしょう？」

「不特定多数の人間が集まり、それもある程度の匿名性が確保される場所の特徴だ。何か大きな責任が伴う行いに対しては積極的になれなくても、たとえば迷子になった猫の飼い主を探すとか、そういう小さな善い行いなら、みんなやりたがる」

店内の時計の時刻が正午を指していた。商売の邪魔になるから帰れ、と、とたんに店を放り出された。確かに午前中までならという約束だった。時間に律儀なところも、信用できる部分だ。結果が期待できそうだった。

「卯月、帰りは？」

「電車で帰る」

「だよな」

僕らは駅を目指す。

報告は一週間後にやってきた。預けた荷物のうち、なんと三つに持ち主が名乗り出たという。すぐに引き渡されるそうだ。登校中で、横にいる卯月も電話に聞き耳を立てていた。結果を聞いたとたん、彼女は喜びと戸惑いに振り回され、その場でくるくると回りだした。気持ちがわからなくはない。あまりにも順調だった。

「持ち主があらわれたのは、ダンベルと、メガネケース、それから文鎮（ぶんちん）だな」

「ありがとうございます。助かります」

「持ち主たちは声をそろえて聞いてきたよ。ずっと探していた。どこで拾ったのかって。匿名（とくめい）と答えた。それでよかったか？」

「はい、それで大丈夫です。どうしても気になるという人がいたら、僕たちが直接説明にうかがいます」

「そうする。いまのところ、そこまで気にしているやつはいない。ものが戻ってきて安心している様子だ」

「あの。一応答えると、僕たちは盗んだわけでは」

「事情があるんだろう。いいよ、言わなくていい。厄介事（やっかいごと）はごめんだ」

　風見さんは続ける。

「ものっていうのは、基本的に一か所にとどまっていることが少ない。どんな小さなものでも、大きなものでも動き続ける。長期的に見れば家だってそうだ。取り壊され、更地（さらち）になる。ものは常に移動する。そしてあるべき場所へ自然と戻るようになっている」

　電話はそれで切れた。

ものは常に移動し、あるべき場所へ戻る。

　卯月と続けてきた持ち主返却の旅もいよいよ佳境(かきょう)だった。終わりはすぐそこだった。僕らができるのは、あと、リビングにあるものを順番に段ボール箱に詰めていくことくらいだ。もちろん、自分たちで探せるようなものが見つかればきちんとつきとめ、持ち主に返却に向かう。それを加味したとしても、時間はかからないだろう。これまでの苦労が嘘のように順調だった。順調すぎて、少し怖いくらいだ。

「祝勝会でもしようか」

「え？」

「持ち主の返却をすべて終えたら。一区切りできた記念に。二人じゃ少しさびしいかもしれないけど」

「やる。準備する」

　卯月の答えは早かった。

「何か食べたいものはある？　私も、たまには、つくる」

「それは楽しみだ。ところでさ、祝勝会によさそうな場所があるんだ」

「どこ？」

「スペインのミハスっていう町があって。建物全体が白く塗られているのと、眺める海とのコントラストがそれは見事で」

「川島くん、自分が行きたいだけでしょう」

「ばれたか。そんな睨(にら)まないでくれ。グランドキャニオンで味をしめた」

けわしい顔をしていた卯月が、やがて小さく笑った。僕も笑った。前よりも自然と、彼女の笑みを見る機会が多くなった気がする。

「とはいえ、来週はいったん小休止を置かないと。僕らも一応学生だ」

「どういうこと？」

「テストが始まるだろ」

「ふぬぅぅ！」

独特のうめき声をあげる。どうやら忘れていたらしい。焦りとストレスで力を暴走させるかもと思ったが、そんなことにはならなかった。これぱかりは助けてあげられない。学生たちはシャーペンを剣に、消しゴムを盾にそれぞれの戦地に赴(おもむ)くしかない。

そうやって、たまに学生としての本分を思い出しながら日々は過ぎていった。

やがて決定的な事件が起きた。

テスト週間に入ったとたん、蓮野が僕の部屋を自分の私物で埋めだした。ツケを精算するためなので仕方がない。ちらかっているのは、おもに画材だ。それらはまだ使われることなく、彼女はテレビゲームに熱中していた。

トイレから戻ると、蓮野は収納しておいた小テーブルを組み立て、その上に僕のパソコンを置いていじっていた。

「何か調べものか？」

「ちょっと検索履歴を。画像とか、動画とか」

「残念だったな。僕はキャッシュすら残さない主義だ。弱みはそこにはないぞ」

「ちぇ、エロサイトへのブックマークは？」

「ブックマークは必要ない」

「ああそうだった、全部見て記憶できるんだもんね。そりゃあ履歴も残さないか」

「い、いや違う、そういう意味で言ったんじゃない」

「画像も履歴もフォルダなんか残さないよね。だってフォルダは頭のなかにあるんだから。好きなときに取り出し放題。脳内にエロクラウドがある」

「やめろ！　冤罪だ！　そんな力の使い方したことない」

「どんな体のラインか、それに肌の色や声色まで、頭のなかで再現し放題。いや最高だね、直観記憶。すべてのエロ動画を網羅できる瞬間記憶能力」

「僕の長所が一気にダサいものに！」

ひとしきり僕をからかって満足したあとは、テレビゲームに戻っていった。近くに転がっているスケッチブックでも眺めていようかと思ったが、勝手に見るなと手をたたかれた。手持ち無沙汰になり、結局、空いたコントローラーで僕も参戦することにした。

「そういえば風見さんに会った。いいひとだった」

「そうだね。木の塊くれるし」

「蓮野はあそこでたまに店の手伝いを？」

「絵を始める時に画材のセットを用意してくれた。そういう意味で恩がある。ただ、あのひとに美術のセンスはない。あれは壊滅的。あたしがスケッチ取ってたら、写真を撮ればいいじゃないかって言ってきた」

「ごめん、スケッチと写真については僕もたまに思うことがある。違いがよくわかっていない。写実的な絵を見ても、どうして写真を使わないのかと考える」

「結果が違う。得られるものが違う。写真は瞬間を切り取ることができる。スケッチは感情を乗せることができる。取り出すのと、加える。その違いがある」

「スケッチには感情がこめられている」

「写真は感情を切りとれる。絵は感情を乗せられる。ただし、中学時代までは写実的な絵のほうが評価されやすい。技術があって、その次に個性、という考えが強い」

「そういえば中学のころ、一度だけ美術の絵を褒められたことがある」

「知ってる。先生が自分のお気に入りを、美術室の前の廊下に貼り出すやつでしょ。そこにあんたの名前があった。というより、あたしはそこで佐久を知った」

「そうだったのか」

てっきり、そのまま中学時代の思い出話にでも話題が移るかと思ったが、そうはならなかった。お互いに切り出すことなく、ただゲームの画面が刻々と流れていくだけだった。会話はないが、画面のなかでは彼女との連携で敵を倒していた。

「高校時代って、この無敵モードに似てるってよく言われるよね」

「無敵モード？」

「アイテムを一定数拾うと、プレイヤーが無敵になるでしょ。高校時代ってそういう期間だよ。自分にできないことはないと確信してる。どんなものにでもなる可能性があると信じている」

「でも、無敵モードはずっとは続かないぞ」

「そのとおり。無敵モードはずっと続くわけじゃない。みんなそれを知っている。だから駆け抜けているうち、ふと不安になる。そろそろ残り時間を気にしなくちゃいけなくなる。

身の程をわきまえて、賢くたちまわり、敵の攻撃をよけなくちゃいけなくなる」

「もし無敵モードの時間を過ぎても気づけなかったら？」

「敵にうちのめされてゲームオーバー。たいていはバカと呼ばれて掃き捨てられる。でも運よく生き残ることもある。そういうひとたちが天才と呼ばれもてはやされる」

　画面ではちょうど蓮野のキャラクターがアイテムで強化されたところだった。無敵の時間になっても彼女は走り出さない。僕もコントローラーを置く。

　蓮野がトイレ、と言って部屋から出ていく。一人取り残される。ゲームを進めると彼女が怒りそうだったので、コントローラーは握れない。部屋の隅にはカンバスが置かれている。まだ何も描かれていない。

　僕は今度こそスケッチをのぞくことにした。許可なくパソコンをのぞいたのだから、僕にも彼女の内面を見てもいいはずだという主張だった。もしかしたら何か、弱みでも見つかるかもしれない。あとでからかうための話題にでもするつもりだった。

　一枚ずつめくっていく。どこを描いたものかはすぐにわかった。中庭近くの、非常階段から見た景色だ。いつも掃除をしている場所。セメントの地面。植え込み。雑木林。学校を囲うフェンス。その奥にそびえる山。感情を乗せる、とさっき言っていた意味がわかったような気がした。同じ景色のスケッチが続いたが、どれも微妙に印象が異なる。物事をそのまま記憶してしまう僕には、絶対に描けないニュアンスの絵だと思った。

さらにめくっていく。知らない場所のスケッチもあった。彼女はあちこちを歩いている。知らない光景の絵が続いたかと思えば、また校舎に戻ってくる。そして、真ん中から少し後ろのあたりにさしかかったときだった。

風景を描いていたスケッチのなかに、とうとつにひとを描いたものがあった。竹箒(たけぼうき)を握り、中庭を掃いている男子学生の絵だった。

それは僕だった。だが、非常階段の位置から描かれたにしては、やけに距離が遠く感じた。蓮野はここにどんな感情を乗せたのだろうか。

物音がして、ドアの方を向くと蓮野が立っていた。思わず手を止める。

彼女は口を小さく開けて、そのページを開いた僕を見つめていた。いつまでも言葉を発しない彼女を見て、気まずい空気を察知した。これは簡単には見せてはいけないものだったのだ。

僕が口を開きかけたところで、蓮野が近寄り、スケッチブックをふんだくった。それを胸元に抱え、力が抜けたようにしゃがみこむ。彼女はうつむいていた。やがてか細く、声が聞こえてくる。

「見た？」

「え、いや、その」

　うつむく彼女の、その頰が、赤くなっているのに気づいた。こんな蓮野を見たのは初めてだった。出会ってから二年は経つ。それなのに、そういう表情をする女子なのだと、初めて知った。部屋に女子がいるのだと、とうとつに理解した。

「立って」

「え？」

「佐久、立って」

　意図はわからなかったが、とりあえず、言われたとおりにしようとした。だが腰を持ち上げたところで、蓮野に突き飛ばされてしまった。床に転がる自分を想像したが、背後にあるのはベッドだった。起き上がろうとすると、蓮野がおおいかぶさってきた。視線が合う。絡み合う。それはいつまでも離れなかった。

「あたしの両親はね、元々ピアニストと小説家だった。でもあたしが生まれたときにその夢を捨てた。あとでそれを知って、まるで自分をダシに使われた気分だった。夢を正当に捨てた理由にされたみたいだった」

「蓮野、どうしてそんな話を」

「両親は無敵モードの見極めが早すぎたのよ。早々にあきらめた。離脱した。安易な方へ逃げた。だからあたしは違うって証明したかった。ずっと特別になりたいって。でも、佐久と話すたびに不安になる。自分にその資格はあるのか」

　蓮野がさらに身を近づけてくる。部屋いっぱいに大きな風船が満たされていて、それが膨らみ、彼女の背中を徐々に押しているみたいだった。蓮野が目をつぶろうとする。僕はその肩に手を置く。体重を、熱を、感じる。

「あの絵を見たんでしょ。そこにどんな感情があった？　佐久はどう感じた？」

「それはいまのこの状況と、関係あるのか」

「あるかもしれない」

　身じろぎをすると、襟のあたりから、鎖骨が見えた。凹凸のある、盛り上がった皮膚の表面が見えた。触れればやわらかいことを知っている。その経験はまだ僕のなかにはない。

蓮野が動くと、胸元がさらに見えて、あわてて視線をそらす。

「特別じゃないあたしとはキスできない？」

「そういう問題じゃない」

「そういう問題だよ」

　彼女はすぐに言い返してきた。蓮野の言葉には説得力がある。いつだって。そして僕に関することなら、特に彼女は的確な言葉を見つけてくる。今回もそうだった。僕はそれを黙って聞くしかなかった。

「佐久は、自分がひとと違うことを自覚している。他人は自分を避け、関わろうとしてこないと思ってる。理解すらされないと。そしてそんななかで、ほどよく自信を持って生きていこうとしている」

「きみに励まされたからだ。避けられても自信が持てるようになった」

「違う。逆なんだよ、佐久。まわりを避けているのはあんただよ」

「僕が？」

「関わろうとしていないのは佐久のほう。佐久が理解しようと思っていない。あんたはよく特別という言葉を使う。そして使う言葉にはそのひとの本音が隠されている。気づいていなかった？　ひとを区別しているのは、本当は佐久のほうなんだよ」

その言葉が、魔法みたいに僕の体をしびれさせる。

まわりが避けているのではなく、僕が避けている。

まわりが関わろうとしないのではなく、僕が理解することを拒んでいる。

まわりがそうしているのではなく、僕自身が区別している。

「別に非難してるわけじゃない。何かを正そうと思って言ったわけじゃない。ただ、あたしは特別になりたい。佐久みたいに、明確に区別された存在になりたい。誰かの行動に対して、口だけ動かして文句を垂れるような平凡な大人になんか、なりたくない」

ねえ。

だから教えてよ。

蓮野はささやきかけてくる。訴えかけてくる。すがりつくような目つきだった。そのままにしておいたら、涙を流すのではないかと思った。手の力が徐々に抜けて、彼女の顔が、唇が近づいてくる。

「教えてよ佐久。あたしは、いつになったら天才になれるの？」

そのときだった。

こんこん、と短く、ドアをノックする音がした。

僕と蓮野は、つながっていた意識をほどき、開いたドアの先に立っている人物を見た。玄関のドアが開く音はしなかった。直前まで気配はなく、床のきしむ音すらしなかった。ノックは急に、時間を飛び越えてそこにやってきた。それでもう、僕のなかで答えは出ていた。心当たりは一人だけだった。

「卯月」

彼女は段ボール箱を抱えていた。風見さんに預ける荷物をまとめていたのかもしれない。何か、荷物に関する相談事があったのかもしれない。段ボール箱から視線を卯月に戻すと、彼女の顔は固まった。凍(こお)りついていた。僕も蓮野も動けなかった。

餌(えさ)を求める金魚みたいに、卯月が口を動かす。言葉は紡(つむ)がれない。かすれた声がわずかに出ただけだった。

段ボール箱をその場に落とし、卯月はドアを閉めた。彼女の名前を呼んで、僕はベッドから跳ね起きた。蓮野は、事態がまだよくわかっていない様子だった。彼女の混乱が想像できた。あの子はどうやってあらわれたのだろう。玄関のドアを開ける音も、廊下を歩く音もしなかった。とつぜんあらわれた。そんなことはありえない。

急いでドアを開ける。しかしそこに卯月はもういなかった。玄関のドアを開けて廊下をのぞくが、そこにも姿はなかった。飛んだのだ。

靴(くつ)を履(は)き、廊下に出る。走ってエレベーターに乗り込み、七階を目指す。どうして彼女を追いかけているのだろう。なぜこんなに必死になっているのだろう。卯月の部屋に行って、それから何を言うのだろう。どんな説明をするのだろう。僕はどうしたいのか、整理ができていなかった。

彼女の部屋のインターホンを押す。卯月は応答しなかった。さらに二回続けてインターホンを押したが、彼女は出てこなかった。

あきらめて五階に戻り、靴を脱いで、自分の部屋に戻る。深呼吸をしてドアを開けたが、蓮野はすでにそこにいなかった。玄関のほうを振り返ると、靴がなくなっていた。

画材のセットと、つけっぱなしのテレビが空間に取り残されているだけだった。スケッチブックだけがしっかりと回収されていた。


あれから蓮野は学校に来なかった。電話もなく、僕は一人でテスト週間を乗りきることになった。隣のクラスで卯月を見かけ、話しかけようとするが、その数秒くらい前のタイミングでいつも気付かれ、どこかに行ってしまう。マンションに戻ってもインターホンには応答してくれず、露骨に避けられている状態が続いた。僕も無理に追いかけることをやめた。蓮野がささやいたあの言葉が、あれから頻繁に頭をよぎる。

『ひとを区別しているのは、本当は佐久のほうなんだよ』

正直に言えば、ベッドに押し倒されたことよりも、かけられたあの言葉のほうが、僕にはショックだった。

自分の力や抱えるコンプレックスについて、僕は中学時代の段階ですでに克服したものだと思っていた。自分に自信がついていると思い込んでいた。立ち直り、器用な歩き方を見つけたのだと確信していた。だけどもし、違うとしたら。歩き方を見つけたのではなく、逃げ方を見つけただけだとしたら。

教室には蓮野しか友達がいない。僕はまわりに理解されることをあきらめている。もしかしたら、自分は特別だと、うぬぼれに近いようなものがあったかもしれない。まさしく区別だ。特別。ただほんの少し、記憶力がいいだけなのに。それ以外は何も変わらない高校生なのに。特別。きっと本物の特別というのは、卯月のようなひとのことをいう。

自分すらも助けられていない僕が、果たして卯月の力になれるのだろうか。彼女の悩みや疑問の答えに、すべて答えてあげられるのだろうか。僕は迷い始めていた。思考がぐらつけば、行動もちぐはぐになる。

そうこうしているうちに日々が過ぎた。ひとまず、できるだけのことをしようと、部屋にあった段ボール箱を風見さんのところに持っていった。

卯月とようやく話ができたのは、翌週の土曜日だった。

母親からの頼みで買い物を済ませて、廊下を歩き、玄関のドアにたどりつこうとしたときだった。手すりの外からは公園が見下ろせて、そこに卯月が入っていくのが見えた。僕は玄関に買い物袋を置いて、そのまま下に降りた。

　公園にはほかにひとがいなかった。一一月の中旬を過ぎて、少し寒くなる日が増えた。園内を囲う木々の足元は落ち葉が目立った。滑り台も、うんていも、シーソーも、昼寝をしているみたいに存在感が薄い。卯月は公園の奥にあるブランコのひとつに腰かけていた。背を向けていて、こちらには気づかない。彼女の動きに合わせて、金属が一定のリズムできしむ音が鳴る。

「住んでた島に、ブランコはあった？」

　訊ねると、卯月はあわてて振り返った。見つかると体を失う妖精がいたら、きっとこんな風に戸惑うのだろうと想像した。僕は一歩下がった。

「か、帰る」

　卯月は僕の横を通り過ぎようとする。

「どこかに行ってたの？」僕が訊いた。

「風見さんのところ。段ボール箱を持っていった」

「どうして公園に？」

「部屋にいたくなかったから」

「まさかリビングがまた散らかったとか？」

　彼女は背を向けたまま首を横に振る。距離を離されないよう、そっと後を追う。

「ものはほとんど片付いた。持ち主のひとに届ける手伝いもした」

「持ち主のところに届ける手伝いを？　きみが？」

「風見さんに連絡がきたひとに、私が届けにいった」

「そんなことしてたのか。僕にも言ってくれればいいのに」

　そもそもどうして連絡をくれなかったんだ。避けていたのはどうして。インターホンを押しても出てくれなかった。質問があふれそうになるのを、こらえた。卯月は僕に背を向けたままだ。

「残りの持ち主返却は、一人でやる」

「でももう終わる。あと少しだ」

「私は川島くんの日常を邪魔してた」

「邪魔？　どういうこと？」

「この前、部屋で、恋人といた」

　卯月は立ち止まる。こちらには振り向かない。一瞬、飛んで帰ってしまうのかと思った。また逃げられてしまうと焦りそうになった。だけど彼女はそうしなかった。

「蓮野は恋人じゃない」

「でも、ベッドで、その、き、ききき、き」

「キスはしていない。していたとしても、持ち主返却のこととは関係ないはずだ」

「そんなこと！」

卯月がそこで振り返った。前髪の奥に隠れた瞳が見えた。目が合って、すぐにそらされた。どうしていいかわからなかった。いつも以上に。たぶん、彼女でさえもわかっていない気がした。

「川島くんはわかっていない」

「何がわかっていないんだ。教えてくれ」

「川島くんは、その蓮野さんと、話をしていたんだ。私のことを」

「部屋でゲームをしていた。きみの秘密は明かしていない」

「笑ってたんだ。ずっと。私が戸惑う姿を報告して、二人で笑ってた。いつも」

「ちょっと待ってくれ。そんなことするわけない」

「うるさい。そうしたんだ。きっとそうしてた」

卯月は続ける。

「私だって、できると思った。みんながしているような当たり前のこと。友達をつくって、それから、川島くんと、その」

要領を得ていない。卯月は動揺（どうよう）していた。これまでにない態度だった。米軍の基地で捕まりそうになったときでさえ、これほど危うい雰囲気にはなっていなかった。欲張りすぎて、神様が罰を与えたんだ。

「とにかく私は邪魔だった。邪魔者だった。願っちゃいけなかった。欲張りすぎて、神様が罰を与えたんだ。こんな思いに、なるなら！」

卯月の体が、ふらりと、右に傾いた。一瞬後には元の姿勢に戻ったが、その空白に何かのラグがあった。コンマ数秒の時間が切り取られたような、違和感。

卯月が顔を両手で覆う。その腕が動き、手で顔をふさぐまでの動きが、また切り取られる。彼女を映すフィルムが不自然な形で編集されている。一瞬後には行動が飛んでいる。

そう、飛んでいる。

卯月は飛んでいた。

飛びながら、一瞬後にはここに戻ってきていた。

卯月がしゃがみこもうとする。膝を曲げるその一瞬の間に消えて、そして戻ってくる。

卯月のすぐ横に何かが落下してきた。自動販売機の横に設置されているような、日焼けしたゴミ箱だった。

僕はそれを、初めて目撃する。

彼女の暴走。

精神が不安定になると、引き起こされる。

「卯月！」

「知らない、知らない、もう知らない」

真空が生まれ、空間がふさがれる。それを繰り返す。風が無尽蔵に吹く。上からものが落下してくる。山となり、積み重なっていく。落ちてきたのは、くまのぬいぐるみ。広告看板。消波ブロック。ソファ。テレビ。犬小屋。照明器具。何本もの街路樹。岩石。その勢いはとまらなかった。見えない竜巻だった。

ふと、音が止み。

卯月の暴走が終わったのかと思い、あたりを見回す。

そして頭上を見て、絶句した。

空にものがあふれていた。時間が止まったのかと思ったがそうではなかった。それらは落ちてくる最中だった。

車のタイヤが近くで跳ねた。続いて本棚が地面にぶつかり、激しい勢いで壊れていった。猫が着地し、いちもくさんに逃げていく。

しゃがみこむ卯月の真上にフォークリフトが落ちてくるのが見えた。僕は駆け出し、彼女をつかむ。引っ張り起こし、そして地面に倒れこむ。さっきまでいた場所にフォークリフトが落ちて、激しい音を立てた。土埃が上がる。彼女に触れたのがきっかけになったのか、それで暴走は終わった。

　僕の体の下から這い出し、卯月は立ち上がる。足をひねったせいで、僕はうまく立ち上がれなかった。彼女は表情をなくしたまま、呆然としている。

「そんな、そんな、私、また！」

「卯月。落ち着いて。大丈夫だ」

　僕の声は届いていないようだった。

　やがて卯月は何かに気づき、ものが積み上げられた山にゆっくりと歩いていく。歩く気力はわずかなようで、足もろくに持ち上がらず、靴で砂利をひきずる音が響いた。

　立ち止まった彼女は、地面に落ちている何かの金属片を拾った。それはヘアピンだった。貝がらが貼り付けられているのが見えた。

「なんで……ありえない」

　彼女はあとずさっていく。顔が青ざめているのがわかった。呼吸がどんどんと乱れていく。力を暴走させてしまった彼女をいま、最も混乱させているのは、フォークリフトでも消波ブロックでもなく、その小さなヘアピンだった。

　ヘアピンを握りしめた彼女は、目をつぶり、そのまま姿を消した。

夕方ごろ、警察と市の職員があつまり、公園内は騒然となった。立ち入り禁止となり、周囲には野次馬が押し寄せた。積み上げられた無数の物品の山にみんな、途方にくれているようだった。

翌日の朝にはワイドショーのネタになっていた。評論家やコメンテーターの的外れな憶測が飛び交う。蓮野がワイドショーを嫌っていた理由がようやくわかった。わざとらしいほど視聴者の感情を煽りたててくる。おそらく台本のようなものがあるのだろう。

『これ、現場では何が起きたんでしょう？』『愉快犯の犯行ではないでしょうか。若者のグループが面白半分に盗んだものを公園に積み上げた』『撤去費用にも税金がかかりますよ』『二〇人ほどの男性グループが以前からここで深夜にたむろしていたという噂があります』『ネットではグラフィティアーティストの仕業、なんて説も出ていますよ。バンクシーを真似たのではないのかと』『暴走する承認欲求がこのような迷惑きわまりない結果を招いたと』『近隣住民はたまったものじゃありませんよね』『悪質なイタズラという声も聞かれますが、自然災害が起こした可能性も捨てきれません』『見つかったフォークリフトは北海道にあったものらしいです。あの雑貨の山ができあがる一時間前に公園にいた家族は、あんなものはなかったと証言しています。ひとが行うには、物理的に不可能ですよ』『似たようなものといえば、ファフロツキーズといって、空から魚が降ってくる現象もあり……』

僕はテレビを消した。

玄関を出ると、廊下の手すりから公園が見えた。市の職員が撤去を始めようとしていた。取材陣が公園の周りで住民にインタビューをしている。僕は外出するのをあきらめた。騒ぎはまだ続きそうだった。

蓮野から公園の件で連絡がくるかと思ったが、何も言ってこなかった。たった一度だけ電話があったが、内容は「ゲームのボスキャラの倒し方を教えろ」というものだった。攻略法を教えると、あっさりと電話が切れた。それ以来会話はなく、学校にも来ていない。もともと頻繁に登校する方ではないので、気にし過ぎといえばそうなのかもしれない。

卯月も沈黙したままだ。きっと彼女もテレビを見たはずだった。部屋に閉じこもっている姿が簡単に想像できた。

公園の騒動を、母さんはもっと騒ぐかと思ったがそんなことはなかった。チラシを手に、また不審者があらわれたと気味悪がっていた。女性の不審者。正体は不明。

「江奈ちゃんじゃないの？」

「蓮野は違うって言ってた。そんなことより公園は気にならないの？」

「バンクシーの仕業って言ってたからそうなんじゃないの？　あ、テレビの記者か誰かが勝手に入ってきたのかな？　嫌だ怖い」

　母さんは平常運転だった。

　三日目になって、ようやく公園のすべての異物が撤去された。市のホームページを確認すると、取得されたものは遺失物課に保管されると記されていた。近く、物品のリストと画像を公表する予定だという。そのニュースを手土産に、僕はサンドイッチを持って卯月の部屋に向かった。なんとなく、いつもお腹を空かしているようなイメージが勝手に湧いてしまう。

　彼女の部屋のインターホンを押すが応答はなかった。もう一度押すと、今度はスピーカーの作動する音が聞こえてきた。卯月が応答するのを辛抱強く待った。やがて小さな、湖の水面に波紋の打つような声が聞こえてきた。

「はい」

「卯月、僕だ。サンドイッチをつくってきた。食べないか？」

「気分じゃない」

「でも、何か口に入れたほうがいい」

「お腹が空いていないわけじゃない」

「もし足りないなら、カフェオレも用意しよう」

「お茶がまだ余ってる」

「……お茶とサンドイッチの相性も、悪くないかもしれない」

　数秒の間があった。僕は部屋にやってきた卯月の顔を思い出していた。蓮野をいずれ紹介しようと思っていたが、想像していたような形にはならなかった。床に落とした段ボール箱の音が再生される。記憶の光景がとんで、今度は公園で暴走した卯月があらわれる。世界を遮断しよう、と耳と目をふさいでいた彼女。

「鍵、開いてる」

　いつも通りの短い返事。声に従ってドアノブに手をかけると、本当に鍵が開いていた。靴を脱ぎ、廊下を進む。いまではリビングまでスムーズに移動できる。転がっていた私物は、すべて持ち主に返却された。

　リビングでは卯月が荷造りをしている最中だった。トランクケースの横に衣服が畳まれて、これから詰め込まれるのを待っていた。食卓には湯のみが二つ置かれている。台所に彼女が立っていて、お湯を沸かしているところだった。

椅子に座り、アルミホイルに包んだサンドイッチを広げながら待っていると、卯月が急須を持ってやってくる。寝癖はない。パジャマから私服に着替えていて、身なりも整っている。目もとのクマだけが少し気になったが、それ以外はいつもの彼女に見えた。会うまではもっと酷い状態になっている姿を想像していたので、そのギャップに戸惑う。

「この前はごめんなさい」

お茶を淹れ終え、席についた卯月が、僕に向かって頭を下げる。教材の映像でも見ているような、丁寧なお辞儀だった。

「動揺して、適当なことばかり言ってしまった。悪者みたいに責めてしまった。川島くんも、蓮野さんというひとも、そんなひとじゃないのに」

「お互いさまだ。僕のほうこそ、冷静じゃなかった。語気が強くなってきみを怯えさせたかもしれない。それで、あれが起きた」

「違う。川島くんのせいじゃない。私のせい。私の心が弱いせい」

「そんなことは」

「とにかく、去る前に仲直り、しておきたかった」

僕は反射的に床に広げられたトランクケースに目をやる。旅行に行くのではないと思っていた。もっといえば、さっき目にした瞬間から、身構えていた。卯月の身なりが整っている理由がわかった。彼女は立ち直ってそうしているわけじゃない。自信を取り戻してそうしているのではない。ただ、諦めている。

「迷惑をかけたから。もういられない。遅かれ早かれ、こうなると思ってた。これ以上、悪くなる前に」

「公園に積まれたものは市が回収した。遺失物課が持ち主が名乗り出やすいように、画像やリストをホームページで公開するって言っていた。事態は悪くならない」

返事のない卯月に僕は続ける。

「きみは最初、言ってたじゃないか。普通の生活を送りたいって」

「言った。でも無理だった。持ち主に返しているときは、ひょっとしたらって思った。事故を助けられたのは嬉しかったし、川島くんに喜んでもらえたのもよかった。でも、どれだけ小さないいことをしても、たったひとつのことで、台無しになる」

いつも私はそうだったと、卯月は答えた。

「公園の暴走より、もっと酷いことを起こしてしまうかもしれない。だからその前に帰る。ニュースを見て、お母さんが心配してくれた」

「持ち主返却の旅は？　どうするんだ、まだ途中だぞ」

「風見さんにもう預けてある」

お茶にもサンドイッチにも手をつけず、卯月は席から立ち上がる。トランクケースの方に向かっていく。その荷造りが済めば彼女はここから消える。

「ヘアピンは？」

　何か卯月の作業をとめる言い訳がほしかった。とっさに出てきたのが、ヘアピンのことだった。彼女はぴたりと動きを止める。それどころか、全体の体積が数ミリ縮んだようにすら見えた。触れられたくないものは誰にでもある。僕はそれをわかったうえで、彼女に詰め寄る。

「ヘアピンをまだ返していない。あの公園でのテレポートで持ってきてしまったものの一部だろう。そしてきみはあれに心当たりがある。違うか？」

「川島くんには関係ない」

「グランドキャニオンで言ってただろ。取り返しのつかない失敗をしたって。ひとを傷つけたことがあるって。関係があるんじゃないのか」

　見たものは忘れない。あのときの表情を、ちゃんと覚えている。出会ってから一度だって、彼女に関しての記憶が抜け漏れたことはない。

「初めて会った日に言ってた。嫌な夢を見て、それが力を暴走させる原因になったって。僕も最近、過去のことが夢になって出てきたよ。夢だとわかっているけど、息ができなくなるくらい苦しくなった。きみのもそうだったんじゃないのか？」

「一度だけじゃないの」

観念したように、卯月は答える。

「夢を見るのは、一度だけじゃない。定期的に見る。同じ夢。それで何度も、暴走してきた。力を抑えられなかった」

かつてこのリビングを満たし、あふれかえっていたもの。暴走を繰り返し、あちこちから運び、持ち帰ってきてしまった品々。家に帰ってくるたびに、彼女は自分の罪悪感と向き合うことになる。僕たちはひとつずつ、それを減らしてきた。だけど根本にあるものは消えていない。むしった雑草がまた生えてくるように、切った髪の毛が伸びてくるように、過去は記憶の奥深くに根付いている。

卯月は部屋から例のヘアピンを取ってきた。食卓のテーブルに、それを置く。貝殻（かいがら）のついたヘアピン。以前見たときは既製品か何かかと思ったが、そうではなかった。市販のヘアピンに、ボンドで貝殻が接着されているのだ。

見た目は完全にきれいとはいえない。だけど努力の跡が見える。どこかの子どもが部屋で一人、机にかじりつきながら、一生懸命これをつくっている姿が想像できた。その子どもとは卯月のことだった。

卯月は伸ばした前髪を留めることはしない。ずっとそれが気になっていた。いまでは理由がわかる。ヘアピンを見ると思い出してしまうからだ。

「きみが定期的に見るという夢も、ひとを傷つけたという過去も、いま目の前にあるヘアピンとつながっている。取り返しのつかない失敗をしたというのは、このヘアピンの持ち主に関してのこと？」

「佐々木千華というのが、その子の名前。足がすごく速い子だった」

やがて卯月は。

自分の過去を明かし始めた。

卯月稔は神奈川県の海沿いの町で生まれた。卯月の父は翻訳家で、母は結婚と同時に専業主婦になった。逗子というのが町の名前で、海沿いに建てられた低層マンションに三歳の頃まで暮らしていた。少し歩けば山もあった。マンションの前には、小さな公園があって、そこにあった赤い滑り台だけが妙に記憶に残っているそうだ。

滑り台を降りて遊んでいた彼女が、いつの間にか部屋に戻ったことがあった。降りた先の地面を踏む前に、卯月は部屋の床を靴で踏みしめた。本人に記憶はなく、母親がそれを目の前で目撃したという。母親は自分の祖母も不思議な力を持っていたことをすぐに思い出したそうだ。それが初めて、卯月の力が明らかになった瞬間だった。

道を歩いて転ぶと、卯月は泣き出し、もたれかかった街路樹を根こそぎどこかに移動させてしまった。

彼女の両親は、卯月を島で育てることを決意した。ひと目に触れさせてはいけない。住民が密集した場所に住むこともできない。自分の力が制御できるようになるまで、そう、たとえば中学を卒業する間では、最小限のコミュニティのなかで生活できる場所が必要だった。

卯月の両親は香川県の豊島を移住先に選んだ。住民が一〇〇〇人に満たない島で、瀬戸内の海と自然の山に囲まれた、そこは理想的な環境といえた。自然が豊かな場所で子育てをしたいと彼女の両親は考えていて、そうした理由で逗子を選んでいた。小・中学校が近くにあり、住民の数もコンパクトでなければならない。そんな新たな条件が加わり、移住先は見つけるのは簡単ではなかったが、豊島は十分すぎるほど条件を満たしていた。

移住するにあたっての苦労もそれほどなかった。地元の住民は卯月一家を温かく迎えてくれたし、地域のルールや風習についても丁寧にレクチャーしてくれた。ちょうど、島では役場が移住キャンペーンを企画していて、本格的にPRに乗り出している頃だったので、卯月たちにとってはこれ以上ないほどのタイミングだった。

卯月の父は翻訳家としての仕事を続け、母は郵便局の職員アルバイトの職についた。卯月も自分の力について徐々に自覚しはじめ、それがほかのひとがあまり持っているものではないことも、うすうすではあるが理解していた。

卯月の小学校の入学とともに、移住キャンペーンの効果でまた新たに一家がやってきた。それが佐々木一家で、娘の千華はちょうど卯月と同い年だった。

同じ県外から島にやってきた者同士、卯月と佐々木千華はすぐに打ち解けた。島のクラスメイトたちとも仲良くなれたが、やはり佐々木千華といることが一番多かった。

佐々木千華は足が速くて、同級生はもちろん、島の大人たちにもよく褒められていた。運動会のかけっこで彼女が負けるところを、卯月は見たことがなかった。憧れの存在でもあったし、いつも褒められている彼女がうらやましかった。対抗心があったのか、もしくは対等でありたいと認めてほしかったのか、卯月はあるとき、とうとう自分の力を佐々木千華に明かしたそうだ。

「どうやって明かしたの？」話の途中で僕は訊いた。

「校庭に落ちてる石を消して、千華の頭や肩の上にのせた。毛虫に触れたみたいに驚いた顔が面白かった」

「ほかのクラスメイトは？」

「もちろん知らない。千華にも秘密にするよう頼んだ」

　だがひとの口に戸は立てられない。佐々木千華も例外ではなかった。すべてのクラスメイトが卯月の力を信じたわけではなかったが、それでも噂は広まった。

　秘密が漏れたからといって、卯月が佐々木千華を嫌いになることはなかった。裏切られた気持ちにも特にならなかった。小さなコミュニティで生活する分、自分と他人を比較する対象が少ない。だから自分の持っている力がどれほど特別で、どれほど違うのか、正しく理解するのにはまだ時間がかかった。卯月の両親ももちろんそのリスクを承知していたはずだが、卯月を少しでも多くのひとにさらさないことを優先していた。

　あとで卯月が知ったことだが、母親は移住前に、役場と消防団の数人に彼女の秘密を話していたそうだ。島の住人は最初、半信半疑だったが、たまに卯月が道を歩いているところで姿を消すのを見て、しだいに嘘ではなかったことを知ったようだ。

　卯月の力を信じた何人かのクラスメイトの前で、彼女は力を披露した。自分自身を消したり、クラスメイトたちを学校の教室から海へ運んだりもした。クラスメイトたちはおおはしゃぎだった。せがまれるたびに、力を披露した。一度その現場を母親に目撃されて、卯月は注意を受けた。

「お母さんはこう言ったの。『力は好きに使っていい。ここではのびのび過ごしていい。でも、そろそろ使いどきを見極めるようになりなさい』」

「きみはそれに従った?」

「力はあまり使わなくなった。けど、お母さんに言われたからだけじゃない」

　ちょうどその頃、佐々木千華との仲が少し悪くなった。具体的には佐々木千華のほうが卯月から距離を取った。走るのが速く注目されていた自分の視線や熱を、卯月に横取りされたと思い、それで機嫌を損(そこ)ねたのだ。話を聞けばすぐにそう理解することができる。当時の卯月もなんとなくそれを察していた。卯月はクラスメイトの注目よりも、佐々木千華の好意を優先した。

　卯月は仲直りのしるしに貝殻を佐々木千華に渡した。当時、学校では喧嘩(けんか)をした生徒同士が、砂浜に落ちているきれいな丸いガラスの破片や、貝殻を拾い、渡し合って仲を深めるのが流行(はや)っていた。小学校の高学年では、さらに一工夫(ひとくふう)こらし、拾った貝殻をアクセサリーに加工するものもいた。当時、低学年だった卯月にその技術力はまだ備わっていなかったが、佐々木千華はしっかりと貝殻を受け取ってくれた。卯月も彼女からお返しにガラスの破片をもらったという。

「プレゼントの交換をするみたいで楽しかったし、貝殻を渡し合うためにわざと喧嘩するひとたちもいた」

「けどいま目の前にあるのは、貝殻のついたヘアピンだ」

「私と千華はもう一度、喧嘩をする」

それこそが卯月の語る、取り返しのつかないミスの正体だった。

島にある学校は小中の併用校のひとつ。進学しても通学先や面子は変わらず、卯月と佐々木千華も同様だった。変化したのは私服から制服に着替えることになったことと、もうひとつは部活動に入部できるようになったことだった。佐々木千華は迷わず陸上部に入った。卯月もつられるように入部した。

佐々木千華には明確な目標があった。中学では大会に出て、あちこちに遠征し、成績を残す。高校にはスポーツ推薦で入り、さらに鍛練を積む。そして誰も追いつけないスピードで駆け抜ける。卯月はそんな彼女を尊敬していた。卯月にはまだ具体的な夢も定まっていなかった。自分の置かれた状況と周囲との違いを理解し、すり合わせるのに忙しく、それどころではなかった。

そして決定的な事件が起きる。

きっかけはささいなことだった。

「部活が終わって、一緒に帰るために校庭を歩いてた。そのとき千華が私に注意してきた。

部活動にやる気がないんじゃないかって」

「卯月はどう返した？」

「そんなことないって答えた。でも千華は納得しなかった。私も自分の言葉に自信がなかった。たぶん、そういう態度も千華を怒らせる原因になった」

二人の言い合いにはしだいに熱を帯びていった。どちらかがムキになったのではなく、二人ともが冷静ではなかった。

そのうち部活動とは関係のないことで卯月は文句を言われた。卯月もまったく関係のない話題で佐々木千華を責めた。

どれほど相手を尊敬していても、どんなに相手を思っていても、すれ違いは生まれる。歩く速度はひとそれぞれで、横に並べば距離が開くこともある。向く方向がそもそも違うことだって判明する。そしてそれがわかると、お互いが自分のほうを向くように説得する。妥協（だきょう）や折衷（せっちゅう）という言葉を学ぶには、中学一年生という年齢はあまりにも幼かった。彼女たちはぶつかった。

「千華が私をつきとばしたの。私はバランスが取れずに、尻もちをついた。制服はまだきれいだったのに、土がついたのが悲しかった」

「それできみもやり返した」

「同じようにつきとばすつもりだった。けど、触れた瞬間、目の前から千華が消えていた。あわてて見回したら、落ちてくる彼女が見えた」

落下した佐々木千華は受け身をとれず、そのまま地面に体を打ちつける。佐々木千華は意識を失っていた。卯月はテレポートの力を使って、すぐに両親を呼んだ。そのあと戻って、佐々木千華のそばに居続けた。

右腕と右足、それから肋骨と鎖骨の骨が折れていた。佐々木千華は県外の病院に入院することになった。全治四か月の怪我だった。後遺症が残ることはなかったが、中学最初の大会への出場はとうとう叶わなかった。

「一日中泣いて、部屋にとじこもった。お母さんに説得されて、病院にお見舞いに行ったけど、会うのを拒否された。だから島で千華を待つことにした」

卯月は自分ができる精一杯の償いをしようと考えた。砂浜に何度も通い、落ちている貝殻のなかで一番形がよく、一番きれいなものを選んだ。そしてお小遣いでヘアピンとボンドを買った。走るときに前髪が邪魔になると佐々木千華が漏らしていたのを思い出したのだ。工作は何度も失敗して、そのたびにヘアピンを犠牲にした。貝殻も拾いなおし、そうしてようやく貝殻のついたヘアピンをつくりあげた。

戻ってきた佐々木千華は、その日が最後の登校日になった。彼女は島から出ることを決めていた。佐々木千華自身の意思か、もしくは彼女の両親の判断によるものかはわからない。卯月はそれを知ってショックを受けたが、仲直りだけは済ませたいと、自分を奮い立たせ、校庭で彼女にヘアピンを手渡した。

「佐々木千華は受け取ってくれた？」

「投げ捨てられた」

「受け取っては、もらえなかったのか」

「あんたの顔は二度と見たくない。そう言われた」

こうして佐々木千華は島を出ていった。被害者である彼女が島を出て、加害者の自分が学校に残る。その事実が卯月をさらに苦しめた。家に閉じこもり、しばらく不登校になり、戻るころには二年生になっていた。部活もやめた。放課後の補習で授業の遅れを取り戻す日々が続いた。

「そのころから力が暴走するようになった。島にあるあちこちのものを移動させてた。ささいなことでも、すぐに不安になった。でも一番心が落ち着かなくなるのは、たったひとつのときだった」

「佐々木千華を怪我させた過去を、夢で見るとき」

卯月の両親も、彼女が力を暴走させるたびにフォローに回ってくれていた。罪悪感は募るばかりだった。島に残り続けることは悪循環となっていた。そして中学卒業と同時に、卯月は島を出て、一人暮らしを始めることを決意した。

「これ以上迷惑をかけたくなかった。それに、そろそろ自分で対処しなくちゃいけないとも思った。いずれ島を出るなら、早いほうがいいと決めた。いつまでもお母さんたちに助けてもらうのは嫌だった」

　彼女の想いをくみ取った両親は納得し、祖父母の家が近い川崎市のマンションに引っ越し先を用意してくれた。卯月はマンションの近くにある高校に受かるため、受験勉強をつづけ、その目標を実現させた。

　初めての一人暮らしで不安もあったが、大きな出来事もなく、卯月は都会に自分の体と心をなじませていった。

　高校ではなるべくクラスメイトとは口を利かず、存在を消し、隅におさまるようにしていた。当然、自分の力のことはすでに自覚していた。誰もが持っているものではなく、ゆえに苦しみを理解してくれる他人など、誰もいない。

「暮らしてから半年は力の暴走もなくて、うまくいってた。友達はいなかったけど、私には力を暴走させないでいることのほうが大切だった。普通の生活にはいつも憧れてた。でもそれは、力を制御できてから望む願いだとわかってた」

「でもきみの暴走は始まってしまった」

「力を使っていないせいで、溜めこんだことで暴走した。それから動揺して、夢をまた見るようになった。夢のなかで校庭に倒れる千華は、どれだけ揺さぶっても起きない」

卯月の部屋にはものが溜まっていくようになった。夢を見て、起きるたびに部屋中に知らない誰かの私物が散乱していた。部屋でそれを見つめながら過ごすのはあまりにも精神衛生上よくなかったので、卯月は運んできてしまった物をリビングに移した。リビングの許容量が限界になると、ものは廊下にまであふれていった。

何回も、何十回も悪夢を見て、そのたびに部屋にはものがあふれていく。島には帰れない。いまさら戻れない。自分で対処するしかない。そうやって苦しみ、一年以上が過ぎて。

そして卯月は、僕の部屋にやってきた。

話が終わるころには、お茶はとっくに冷めて、サンドイッチの中味の卵とレタスも、すでに新鮮さを失っていた。いますぐ食べてもお腹を壊すことはないはずだが、可能性はゼロではない。少しでもリスクがあるなら、それは回避しなければいけない。

「ここ数週間は、今までにないくらい心が楽だった。持ち主返却もうまくいって、私でも人並みに生きられるかもしれないって思った。でもそれは私一人の力じゃない。川島くんがいてくれたから。私は何もできない」

卯月はリスクの少ない道を選ぼうとしていた。都会の真ん中でまた大きなミスを犯さないよう、かつて自立のために出た島に、また戻ろうとしていた。

そこでも彼女はまた、悪夢にうなされるのだろう。だけどそれで、少なくともあの公園にはもう、フォークリフトが落ちてくることはない。卯月は納得しようとしていた。僕はもちろん逆だった。

「卯月、行っちゃだめだ」

「川島くん。いろいろ手伝ってくれてありがとう。私は行く」

「確かに迷惑をかけられるひとの数は減るのかもしれない。でもそれは解決したことにはならない。逃げ道を見つけただけだ」

「他に方法はない。公園でヘアピンを見つけたのは、きっと運命。私は無自覚に島にもどり、あの校庭から、ヘアピンを拾って持ってきた。島に戻れってことだよ」

「方法ならある。きっと見つかる」

「じゃあ教えてよ。私はどうすればいい？」

答えられなかった。

すぐには思いつかなかった。

記憶にある映像のどこを引っ張り出しても、それは見つからない。彼女を失望させたくないと思うほど、焦り、思考が短絡的になっていく。何が直観記憶だと思った。大事なところで機能しない。ひとと違う力はあっても、思い通りの結果には結び付かない。自分の力の使い道を把握している人間が、いったいこの世に何人いるのだろう。

逃げ道が増えただけ。

僕は卯月にそう言った。ついいまさっきだ。

でもそれは自分にも言えることだった。僕は自分の力と折り合いをつけて、立ち直ったと思った。考えれば、ただ単純に、逃げ道を変えただけだった。逃げ方が上手くなっただけだった。向きあってなんかいなかった。僕には卯月を止める資格があるのか、自信が持てない。

やがて卯月が、腕を僕に向かってつき出してきた。その手のひらを見つめていると、彼女が近づいてくる。僕に触れようとしてくる。それで意図がわかった。

「私はまだ冷静じゃないかもしれない。もしかしたら、川島くんをどこかに飛ばしてしまうかもしれない」

一歩いっぽ、近づいてくる。僕はリビングから出て、廊下に追いやられていく。牧羊犬が羊を誘導するイメージが頭に浮かぶ。卯月は止まらない。

「出ていって」

短い言葉。冷たい口調。腕は伸ばされたまま、こちらに向かってくる。無理をしているのがわかった。こんなことを、僕は卯月にさせてしまっている。

靴(くつ)もろくに履(は)けないまま僕は玄関から外に放り出されてしまった。彼女は一度も触れることなく、それをやってのけた。

彼女の名前を呼ぼうとしたところで、玄関のドアが閉められた。

翌日、卯月の部屋の前に立ち、インターホンを鳴らした。二度鳴らし、三度目になっても応答はなかった。

試しにドアノブに手をかけた。鍵(かぎ)はかかっていなかった。そっと開けると、玄関にあった卯月の靴は消えていた。

リビングはもぬけの殻(から)になっていた。すべてきれいに片づけられていた。床は丁寧(ていねい)に掃除(そうじ)されている。卯月が自分の部屋として使っていた六畳(じょう)ほどのスペースにも、何も残っていなかった。引っ越し業者など必要ない。彼女は手に触れるだけでいい。

窓際に、あるものが落ちているのに気づく。陽の光に反射していたそれは、貝殻のついたヘアピンだった。卯月はそれだけを置いていった。そっと拾いあげて、貝殻と下に溜まったボンドの透明な塊を見つめる。出来はともかく、前髪で瞳が隠れてしまう彼女がつければ、きっと似合うと思った。けれどもう彼女はいない。

僕の元から去り、そしてこの町から消えていった。

第四章

さようなら、君の贖罪

放課後になっても生徒が教室から出ていくことはなかった。今日は文化祭の出し物を決めることになっていた。本当は昼休みのうちに決定してしまう予定だったらしいが、逃げ出すものが多く、放課後になった。実行委員の男女は、始める前に「あなたたちが悪いんです。あなたたちの行動が遅いから、こうして部活動に支障も出るんです」と強い口調で僕たちを責めた。それでも教室が静かになるまで時間がかかった。

実行委員の二人は窓際の一番前の生徒を指し、アイデアを出すように言った。一人目が答えると、後ろの二人目が続く。この調子で全員から意見を徴収していくらしい。僕の番になるまでまだ時間はあった。どうしようか迷っていると、後ろのほうで男子数人の話し声が聞こえた。

「公園のがらくた事件、もうすっかり報道されなくなったな」

「学校から近くてわくわくしたのに」

「おれ見に行ったけど、立ち入り禁止のテープのせいで公園には入れなかった」

「政府の隠ぺいだぜ。大きな別の事件を報道させて、隠すようにしたんだ。何か秘密兵器を開発したんだよ。超磁場装置とか、そんなやつをさ」

「宇宙人の仕業だ。だって北海道にあったフォークリフトがあんなところにいきなり落ちてくるなんてありえないだろ」

「落ちてきたとは限らない。埋まっていたかもしれない」

「気候変動のせいかも」

「いや違う。お前らは思慮が浅い。あれはアーティストグループの仕業だよ」

僕は教室を出た。


カバンは置きっぱなしにしたから、時間が過ぎるまでどこかで避難していないといけなかった。いや、避難だなんていう言い方はあまりにも失礼かもしれない。積極的に学校行事に関わろうとしないやつの言い訳だ。僕はまた自分から距離を取っていた。

行くところもないので、昇降口から外に出て、校舎裏の掃除用具入れに向かった。最近は落ち葉も増えて、竹箒も活躍の機会が多い。掃除用具入れを開けると、その竹箒が一本消えていた。ちりとりもなかった。もともと外にあって鍵もかかっていない、不用心をオブジェにしたような掃除用具入れだ。いたずらされ、盗まれても仕方ない。学校の備品なので特に何とも思わない。

　残った一本を持って歩き、中庭のほうへ進む。あき缶やペットボトルが途中で落ちていれば、拾って自販機横のゴミ箱に捨てた。いつもの非常階段のスペースに近づくうち、そういえば教室に蓮野(はすの)がいなかったことを思い出す。角を折れると、竹箒で掃(は)きながら彼女が待っていた。

「よっす」

「……やあ」

　ゴミ袋まで用意し、落ち葉を回収していた。袋はすでに七割がた埋まっていた。蓮野は僕よりも早く教室から離脱し、僕よりも早く学校をきれいにしていたらしい。

「保健室の先生がさ、落ち葉を集めたら焼き芋(いも)つくってくれるって」

「それは集めないわけにはいかない」

「誰にも見られてるわけないと思ってたけど、保健室の先生にはちゃんと評価されていたみたいだね」

「きみがサボっているところも見られていたわけだ」

「サボってるんじゃない。監督していたのよ」

なんだか久しぶりにやり取りをした気がする。いつも通りの彼女で安心した。僕のなかに空いていた心の穴が、少しだけ埋められる。依然として深く、底は見えないけど、シャベル一杯分くらいの土は投げ入れられた。僕は卯月のことを考えるたび、その穴の底をのぞかなくてはいけない。

「この前はごめん」竹箒を動かしながら蓮野が言った。

「部屋でのこと？」

「スケッチブックを見られて動揺した。家族の話とか、言わなくていいことまで口にしたし。それに、しなくてもいいことまで、やりかけた」

「いや。僕のほうこそ無神経だった。アーティストのスケッチブックを覗くなんてよくなかった。他人のパソコン履歴を見るのとは次元が違う」

「あたしはまだアーティストになんてなれていない。吹けば消える平凡な高校生」

「でもいつかはなるんだろ」

「当たり前のことを言わないで」

　竹箒が庭を掃く音が心地よかった。掃いた先から裸になった芝生が見える。蓮野が動かすのに合わせて、僕も竹箒を振る。リズムが合う。蓮野の口から、卯月さん、という言葉が聞こえて、竹箒を動かす手をとめる。

「卯月さんは大丈夫だった？　戸惑ってたみたいだったから。もし必要なら、誤解を解きに行くけど」

「確かに驚いてはいたけど、もう平気だよ。そこまで気にしていない」

部屋の件で、卯月は心の平穏を失った。積もっていた不安があふれ、暴走した。きっかけをつくったのは僕でもある。あれがきっかけで、だけど彼女は去った。自分だけ重荷を背負い、他人の介入を拒絶した。

「卯月は行ってしまった」

「それは、引っ越したってこと？」

「たぶんそうなる」

「もう戻ってこないの？」

「学校には来ていなかった」

「まだちゃんと話していないのに」

「そうだね、卯月ときみがどんな会話をするのか、少し楽しみだった」

けどもう叶わない。

僕はチャンスを逃した。

季節はすっかり冬になっている。彼女と出会ったころは、まだ少しむし暑かった。南極に帰っていったアザラシは元気だろうか。不機嫌そうに鳴くあいつの顔はしっかり記憶の書斎に保管されている。

「佐久はいいの？　卯月さんを気にかけていたんでしょう？」

「もちろん。中途半端な感じで別れてしまったし、正直あれが正解なのかもわからない。彼女のことを考えなくなる日はまだ訪れていない。でもその回数が、しだいに少なくなっていきそうなのが怖い」

「あんたはまだ卯月さんと話をし足りていない。具体的に何をどうするかも、その様子だと決まっていない」

「あのさ、きみは冷静に僕を分析するけどね、もともとはきみにかけられた言葉が尾を引きずってるせいでもあるんだよ。僕はひとを区別している。それも無自覚に。だから自信を失ってしまった。卯月にかける言葉が見つからなくなったんだ」

「知らないよそんなの。ひとの受けた影響にまで、いちいち責任が取れるか。あんたはもっと感受性の筋肉を鍛えなさい」

「感受性の筋肉ってなんだよ……」

「あたしは言いたいことを口にするし、あんたにはそれを聞かない権利があった。押さえつけて無理やりささやいたんじゃあるまいし」

「押さえつけて無理やりささやいたよ、きみは」

「そういえばそうだった」

ごめんなさい、とあっさり頭を下げてくる。それから焼き芋を食べるための落ち葉集めに戻っていく。彼女にはかなわない。僕のことをうらやましいと言っていたが、逆だ。僕は蓮野の精神力が欲しい。欲しくて欲しくてたまらない。そうすれば、あのとき卯月を止められたかもしれない。日々、手に入れられないものばかりが増えていく。

「あたしの精神力はあたしのものだから、誰にもあげられない」

「きみはエスパーか。いつから心まで読めるようになったんだ」

「エスパーは別にいるんじゃないの？」

「それはどうだろう」

「まだ明かさない気なんだ。別にいいけど」

蓮野は続ける。今日はいつもよりも饒舌だった。思ったよりも、僕に影響を与えたことを引きずっているのかもしれない。彼女は最強だけど、万能ではない。スケッチブックを見られたときに染まっていた頰を僕は忘れない。

「佐久は卯月さんのことが放っておけなくて、でも自分にはどうしたらいいかわからかない。助けたいけど、そもそもその権利があるのかわからない」

「そのとおりだ」

「なら一度、卯月さんの顔を思い出してみればいい」

「顔?」

「あんたの唯一の特技である、直観記憶を使うのよ」

「僕の特技はそれだけじゃない。一〇メートルをメジャーなしで測ることができる」

「脱線するから、そのよくわかんない自慢あとにしてくれない?」

「すみません」

ごみ袋が落ち葉で満杯になる。蓮野は続ける。

「あんたの数少ない特技の直観記憶で、いままでの彼女の表情を思い出してみればいい。ぜんぶ。その時々で、どんな顔をしていたか。どんな感情が込められていたか。どんなことに喜び、どんなことを恐れたか。そのとき、卯月さんは何を願っていたか」

「ぜんぶを? 記憶の書斎をのぞくのは骨が折れる」

「出会ってきてからいままでの表情、ぜんぶ。それと記憶の書斎という言い方はダサい。今風にいうなら、ビッグデータね。あんたの頭にはデータが保管されている。常人が管理することのできない大量の画像データ。佐久にしか整理できないデータがある」

戸惑う顔。驚く顔。うつむく姿。たまにみせる笑顔。

どんなときに驚き、どんなときに喜んだか。

そして別れ際、卯月はどんな顔をしていたか。

その奥で、何を願っていたか。

それがわかるのは、僕だけ。力の使い道はそこにある。活路が見えたような気がした。

あとは決意と、具体的な方法を探すだけだった。

「いつもありがとう。蓮野」

「いいよ、別に」

「楽にしてくれたお礼に、僕もひとつだけ」

「へえ、何かくれるの？」

「秘密を明かすよ。部屋にアザラシがいた話を前にしただろう」

「うん。したね。それが？」

僕は薄くほほ笑み。

そして答える。

「あれは嘘じゃない」


帰宅して自室に戻り、ベッドに寝転びながら、彼女の置いていったヘアピンを眺めた。

貝殻の接着されたヘアピン。彼女が仲直りのために佐々木千華につくり、そして渡せなかったもの。受け取りを拒まれ、投げ捨てられたもの。彼女は無意識のうちに島に行き、校庭から拾ったのだと言った。

試しに鼻を近づける。小さな背徳感を抱いたが、振り払った。匂いはなく清潔な印象だった。そして貝殻の表面を見つめているうち、ある決定的な事実に気づいた。初めて見たときに、どうして気がつかなかったのだろう。思わず声をあげそうになった瞬間、携帯が鳴った。電話がかかってきたのだ。

根拠もなく、卯月かと思ってあわてて出る。相手は風見さんだった。

「預かった段ボール箱の中身を、すべて返却しおえた」

「すごい。ありがとうございます」

「もう残りはないか？」

「ないと思います」

手元にある、このヘアピン以外は。

「おれにとってもこの量は初めての経験だった」

「本当にお世話になりました」

「いいよ、取りにきた客はいくつか店の品物を買っていった。たいてい、お礼の代わりに買っていくんだ」

「それはよかったです」

「ところで、彼女、卯月さん。あの子はいったい何者なんだろう?」

「何者、とは?」

一瞬だけ身構える。ただ、風見さんの口調に警戒や不信感のようなものはなかった。ただ純粋な疑問を僕に投げているのだとわかった。

「あの子、卯月さんはとても頑張っていた。店にも頻繁(ひんぱん)にきた」

「卯月が?」

「名乗り出た持ち主に、直接、返しに行っていた」

確かに卯月自身から前にも聞いていた。彼女は僕の知らないところでも動いていた。常に持ち主に返却するために、頭と体を働かせていた。

「店にやってきた持ち主にも、彼女はわざわざ、自分で手渡しで返却していた。一人ひとりにこう謝っていたよ。『私が間違えて持っていってしまいました。ごめんなさい』。あれはどういう意味なんだろう」

私が間違えて持っていってしまいました。

ごめんなさい。

真実を語らず、かといって嘘でもない。

ただひとつの正解のような、受け応えだった。

「持ち主はみんな、戸惑ってよくわからない顔をするんだ。でも、最後には卯月さんの謝罪は受け入れていた」

彼女は一人で直接、持ち主の相手に会っていた。それがどれだけ勇気がいることだっただろう。質屋『風見鶏』の店の前に立って、その持ち主たちに一人ずつ対応する姿が、嫌でも浮かんだ。

「ごめんなさい、ごめんなさい、って。何度も頭を下げていた。本当に何度も。見ているこっちが泣きたくなるくらいだった」

それが僕にとっての。

最後のひと押しだった。

「とりあえず、持ち主には返却したから。彼女にもよろしく」

「はい。わかりました」

必ず伝えます。

そう言って、電話を切る。

もう迷いはなかった。

道筋も決まった。僕は準備を始める。

朝の五時前に起床し、最小限の荷物で家を出る。空が少し白み始めていた。凍っていた体が温められ、溶けだし、稼働していくみたいに、歩いている周辺の住宅からも、徐々にひとの気配が感じられた。

ジャージ姿の女性がごみを出している。大通りからは運送トラックの走行音が聞こえる。お年寄りのグループが運動公園に向かって歩いている。電線の上に、カラスが一羽二羽と集まっていく。視野がいつもより広かった。

在来線でまずはターミナル駅へ移動する。そこから新幹線に乗り換える予定だ。飛行機で向かう方法もないではなかったが、アルバイトもろくにしていない高校生の貯金には金銭的に大きな痛手となる。往復の分を考えても、新幹線での移動がぎりぎりだった。

電車の窓から朝日が見えた。建物に遮られ姿を消しても、一瞬後には光が目に差し込んでくる。自然のフラッシュは刺激が強く、目を閉じ、顔をしかめてやりすごす。強烈な怒号で煽られているような気分だった。仕事だ。さあ起きろ。早く起きろ。

ターミナル駅に着いて、新幹線の乗り換え改札を目指す。早朝でも、ある程度の人混みができていた。

性別、年齢、職業、家族構成、生い立ち、すべてがばらばらなひとたちが一瞬だけ顔を見合わせ、通り過ぎていく。蓮野が見たら平凡な光景というかもしれない。だけど彼ら彼女らはエキストラではない。それぞれに人生があり、全員が主人公だと自覚している。

他人は他人。自分は自分。

僕は自信を取り戻すためにそういう答えを出した。いまでもそれがすべて間違っているとは思わない。

けど一方で、それは他人と自分とを、少なからず遠ざけている考えであることにも、最近は気づいた。他人を遠ざけ続ければ、視野は驚くほど狭くなる。狭くなった視野で過ごすのは、きっと生きづらい行為だ。

お年寄りの夫婦がキャリーバッグを持ってそばを歩いていた。キャリーバッグを持つ夫の手をよく見ると、薬指が少し欠けている。それでも夫婦は幸せそうに笑っていた。

新幹線に乗る前に一度、蓮野に電話をかけた。少し時間が早く、応答しないかもしれないと思ったが、彼女は四コール目で出てくれた。あくびと共に、もしもし、と声が聞こえてくる。ひとのあくびを電話で聞いたのは初めてかもしれない。独特の音だった。

「おはよう蓮野」

「こちら二四時間総合受付の蓮野江奈(えな)でございます。年中無休で電話をかけていただいてかまいません」

「そうすねるなよ。朝早くごめん」

「で、どうしたの」

「テレポート能力を持ってる女の子に会いに行ってくるから、学校休む」

「了解。行ってらっしゃい」

驚くことも、呆(あき)れることも、喜ぶこともなく、きわめて事務的に蓮野は答えてくれた。意図的にそうしてくれたのがわかった。僕らの間に隠し事はなく、いまではすべてがオープンになっている。蓮野の声を聞いて正解だった。はやる気持ちを抑えてくれる。

新幹線がやってきて、乗車ドアが開く。


博多(はかた)行きに乗り、岡山駅を目指す。時間は三時間ほど。節約のために自由席を選んだのは正解だった。ある程度席は埋まっていたが、ちゃんと座ることができた。一人で新幹線に乗るのは人生で初めてである。よく考えれば、新幹線や飛行機に一人で乗るのよりも早く、僕はグランドキャニオンの地に足を踏み込んでしまっている。そのちぐはぐさが、あらためて面白い。

自宅のマンション、住宅街、公園、駅、そして学校。時速三〇〇キロで日常から離脱する。僕は卯月に会いに行く。彼女にはまだ言っていない。どこかに逃げてしまう可能性も、なくはない。せっかく費やした旅費が無駄になってしまうのは避けたかった。金銭的にも、この一回が、彼女に追いつける最後のチャンスだ。

場所への移動というものにお金がかかるのだと、いまさらのように思い知る。遠ければ遠いほどお金は膨らみ、そして速く着けば着くほど価値が跳ね上がっていく。人間の過ごす時間が有限であるという共通認識のなかで生まれた価値観だ。母が昔、文句を言っていたのを思い出した。

「乗り物に乗っている間はサービスを受けている時間だから、対価としてお金を払うのはわかる。でも速く着くと、それに乗っている時間も短くなるわけでしょ？　乗り物に乗る時間が短くなるのに、費用が増えるというのは、なんか悔しいわね」

母さん。

僕は一円も払わずにアフガニスタンまで行ったよ。

岡山駅に着くと、すぐに在来線に乗り換え、ここからさらに一時間。宇野駅まで目指す。距離が長いことは覚悟していたから、早朝に起床することを選んだ。おかげで午前中には着きそうだった。島に帰り学校をサボっている彼女も、ちょうど起きているころだろう。

お土産を見ている暇はない。宇野駅から歩き、宇野港を目指す。港は意外に緑が多く、広々とした芝生が印象的だった。魚のオブジェも飾られている。次々と大型のフェリーや客船が乗り入れていた。初めて来る場所というのは、特に情報の多さに混乱することがある。だけどここを卯月が歩いていたかもしれないと想像すると、妙に落ち着いた場所のように思えてくる。

近くのチケットカウンターを探し、無事乗船券を手に入れ、行き先のフェリーを見つける。僕が乗るフェリーはまわりに停まっている客船に比べれば小さいサイズだった。白い船体に緑のラインが引かれている。オレンジやグレープのイラストも描かれていた。

どういう場所が一番乗り心地がよいのかわからず、ひとまず最上階にあがり、後ろの開けたデッキに移動した。席にはつかなかった。卯月がどういう景色を見て育ったのか、知りたかったからだ。そういえば、フェリーに乗るのも初めてかもしれない。

港から出航する。徐々に船のスピードがあがっていく。海風が心地よい。髪に触れると、潮で少し固まっているような気がした。強い風に乗って、時々、頬に水滴がつく。瀬戸内の海はまわりが島に囲まれていて、水面も比較的穏やかだ。見渡せばあちこちに島の影が見える。移動している今ではまだ、どれが卯月のいる豊島なのかわからない。

一〇分ほど乗り、ようやくあれが豊島だ、と分かる位置に来る。僕はひとつ思いつき、前方に移動した。島を背景に、携帯を自分に向けて撮影する。自撮りというものを初めてした。何枚か撮り、写りが優秀なものを卯月に送った。

ここまで来れば、卯月も逃げたりはしないだろう。もう引き返せず、島に上陸することは決まっている。それに気づいてくれる。

卯月からの返信はすぐにあった。メッセージではなく、電話だった。応答すると、悲鳴に近い大声が聞こえてきた。思わず受話器から耳を離す。

「なんでそんなとこにいるの！」

「ちょっと瀬戸内の海に惚れちゃって」

「あ、ああ、信じられない」

「同じマンションに住んでいて、同じ学校に通い、同じ目的のために協力していた女の子と会うのは、とても自然なことだ」

「そんなの頼んでない」

「いまそちらにいくぞ、覚悟するがいい」

「ふぬぅぅ！」

独特のうめき声を聞くのも久しぶりだった。ふっふっふ、とわかりやすく悪役のように笑うと、電話が切れた。前方に視線を戻すと、島の輪郭がはっきりと見えてくる。少し電話をしている間に、だいぶ近づいた。

ふと、背後で瞬間的な風が吹く。海風とは種類の違うものだった。振り向くと、卯月がいた。着ていたのはあのオレンジ色のパジャマだった。初めて会ったときと同様、寝癖もすごい。足元は裸足だった。家からたったいま、ここに移動してきたのだ。彼女にとっての緊急事態。

「帰って！」

「きみに豊島を案内してもらおうと思っているのに」

「話すことなんかもうない」

「それは違う。僕らにはまだ、いくらでも話し足りないことがある。何より持ち主返却はまだ終わっていない」

「ぜんぶ返したって風見さんから連絡があった」

「聞いたよ。きみが一人で、持ち主に会っていたことも」

だからここにきた。

その姿を想像して、いてもたってもいられなかった。

でもそれだけじゃない。彼女に会うための衝動的な理由も、理路整然とした証拠も、僕は両方持っている。

「きみはまだ持ち主返却を終えていない。あとひとつだけ残っている。最後の持ち主に返さないといけない。あのヘアピンを」

僕は貝殻のついたヘアピンを取り出し、彼女に見せる。表情がこわばる。その体が揺れる。船のせいか、もしくは動揺したせいか。

「ヘアピンに持ち主はいない。それは学校の校庭で拾った」

「渡すはずだった佐々木千華が捨てたから」

「そう。話した通り」

「でもそうじゃなかったとしたら？　捨てられていなかったら？」

僕は貝殻の部分を指さす。形が整い、きれいな光沢がある。

「何年も校庭に捨てられていたというのは考えにくい。それならもっと劣化していてもおかしくない」

「たまたま隅に移動していて、風雨から逃れただけ」

「だとしてもこの表面に光沢が出るのはおかしい。よく見れば、コーティングがされているのがわかる」

卯月が一歩近づき、ヘアピンを確認しようとしてくる。手渡そうとすると、一歩離れてしまった。焦りすぎてはいけない。この感覚も久しぶりだった。彼女の部屋に初めて訪問したときも、玄関前で卯月は警戒していた。自分の力はバレてはいけない。だから決して、他人を介入させてはならないと。

「きみがこれをつくったのは、中学に入ったばかりの頃。そして買ったのはヘアピンとボンドだけ」

「それが何」

「この貝の表面は研磨(けんま)されている。コーティングに使われているのはアクリルスプレーだ。昨日調べた。貝殻を腐らせずに保存する方法らしい。つまり誰かがこれを持っていた。誰かが拾い、これを加工した」

「し、島の住民かもしれない。誰かが散歩していて拾った」

「そしてわざわざ研磨し、長く保存できるようにコーティングをした？　それよりも僕は、捨てたことに後悔(こうかい)したどこかの女子生徒が、きみのいないところでヘアピンを回収し、持ち帰った可能性のほうが高いと思う」

「ありえない。そんなのありえない……」

「可能性はゼロじゃない。佐々木千華がきみを恨み続けているか、もしくはいまでは許す気持ちがあるのか、このヘアピンを持って、確かめに行ってもいい」

「行かない！」

卯月の顔には怯えが浮かんでいた。怖いとわかっているジェットコースターに乗る前、きっとひとはこんな顔をする。一度拒絶された記憶が、強烈に根付いている。だけど怯えと同時に戸惑いもあるように見えた。わずかな光を見出し、それをつかむのに躊躇している。もしかしたら、と気持ちが揺らぎ始めている。

「卯月。僕はきみに会いにきた。そして佐々木千華の祖父母が島にいることもきみから聞いている。親戚なら佐々木千華がいま住んでいる場所を知っているはずだ」

「来ないで！」

叫んだあと、思いついたように卯月が腕を伸ばしてくる。

「すぐに引き返して。で、でないといま、川島くんを飛ばすから」

「いいよ。やってくれ」

一歩踏み出す。彼女が伸ばす腕、その手のひらに触れることに、躊躇はない。さらに一歩近づくと、根負けした彼女が腕を下ろす。

「ずるい。川島くんはずるい」

「そうだよ。きみはそんなことをしない。僕は知ってる。誰よりも近くで、それを見てきたんだから」

卯月から返事はない。うつむき、さらに二歩下がる。

それから急に向きを変えて、走り出し、船の欄干(らんかん)を飛び越えていった。思わず走り、消えた姿を追って船の下を見る。水しぶきはあがっていなかった。卯月に物理法則は通用しない。

前方に待つ豊島に視線を向ける。船内では、まもなく到着することを告げるアナウンスが流れ始めた。

家浦(いえうら)港には僕以外にも一〇人ほどが下船した。待ち合わせ場所として機能しているのか、みんな、ピンク色の屋根の建物を目指していく。前を通りかかってみると、ギフトショップやレストランの役割も果たしているらしかった。チラシやのぼり旗では、美術館など、アート施設を魅力に押し出している。

自転車がずらりと並ぶ場所もある。駐輪場かと思ったがそうではない。レンタサイクルをしているのだ。島内を観光している数人の学生グループが、まさに走り出していくのが見えた。卯月の家が遠ければ、僕も使うことになるかもしれない。時間はもうすぐ一一時になろうとしている。

港を出て、ひとまず目についた通りを歩くと、すぐにシンプルな大通りに差し掛かる。目の前をバスが通っていった。島の住民にとっても、観光客にとっても、基本はこの道が生命線になっているのだろうと理解する。

釣りをしていたのだろうか、クーラーボックスを抱えた五〇代ほどの男性が歩いてくるのが見えた。誰かに聞き込みをしないといけない。質問しようとしたところで、向こうから僕に気づき、話しかけてきた。あわててお辞儀（じぎ）を返す。

「どうせ道に迷ってるんだろ。家浦はここ、ちょっと先に硯（すずり）と唐櫃（からと）、甲生（こう）はむこう。バスか自転車を使ったほうがいいよ」

「あ、いえ、ひとを探していて」

「誰かの親戚？」

「友人、のようなものです。卯月さんという方なんですが」

「ああ。卯月さんね」

「知ってるんですか？」

「同じ区域に住んでるひとならみんな知ってるよ。この道を右にいって、で、カフェのあたりでぐるっと左、いくつか道が分かれてて、二本目を山側に左、……って、何かに書こうか。言葉で説明すると複雑だろう。道が少し入り組んでる」

「ありがとうございます」

親切な男性は普段、漁師をしているのだという。豊島についてもいくらか話してくれた。アート施設が建ち始めてから、観光客が増えたという。地元の特産物も人気がある。果物が特に美味しいと言っていた。

渡されたメモの通り、道を進む。右手には海が広がり、左手には山がそびえていた。壇山というらしい。島で唯一高さのある山で、眺めが良いと言っていた。気を取られているうち、手もとのメモが風に飛ばされていってしまった。血の気が引いたが、メモの文字や地図はすべて記憶していた。いまほど自分の力に感謝したことはなかった。

歩いているうちに目印となるカフェを見つける。バスや自転車は必要なさそうだった。しばらく、まわりの景色を見ながら進む。小学生や中学生の卯月はここを歩いていたかもしれない。

住宅の密集する路地を歩く。教えてもらった通りの地点で曲がる。いくつか空き家もあり、庭先で猫が二匹座っていた。何をするでもなく、しかし洗練された姿勢だった。

観光客はいない。ここは地元のひとのテリトリーのような場所だと認識する。僕は迷い込んだと勘違いされるかもしれない。

一軒家を両脇に挟んで進んだつきあたりに、目的の家を見つける。表札には誰かの手書きで『卯月』とあった。表札の材質も、文字の形もまったく違うのに、なぜか卯月のマンションの前に初めて立ったときの光景と重なった。

門の近くにインターホンのようなものはなく、試しに取っ手を回すと、門が簡単に開いた。ここが彼女の実家。

左右の庭はしっかり手入れされていた。家庭菜園には色とりどりの野菜が見える。玄関は引き戸になっていて、隅に小さな音符マークがついたボタンを見つける。インターホンだ。深呼吸をして、それを押した。近くの壁に止まっていた蝶が飛び、家庭菜園のほうへと消えていった。目で追っていると、家のなかから階段を下りるような音が聞こえてきた。

引き戸が開く。うつむいた卯月が出てきて、次に彼女の首根っこをつかんでいる女性があらわれた。卯月の母親だとすぐにわかった。卯月は完全に抵抗をあきらめている。

「はじめまして、稔(みのり)の母です」しゃべらない卯月の代わりに母親が名乗った。

「川島佐久と申します。卯月さんとは同じマンションに住んでいて」

「そして持ち主の返却を手伝ってくれていた」

どうやら卯月は家族に僕のことを明かしていたらしい。説明の手間は省(はぶ)けたようだった。

それどころか、共通の話題もあるので受け入れてもらえるのも早かった。

「稔とグランドキャニオンに行くとき、コートを着ていったんだっけ？　あれ、かび臭かったでしょ？　お父さんのやつなの」

「とても良いところでした。あと、お茶もごちそうさまです。美味しかったです」

「ほんと？　じゃあ今度また送るね。娘と二人で飲んでちょうだい」

「お母さん、もう離してほしい」卯月がようやく抗議の声をあげる。

母親から解放された卯月は、肩についた埃を払うように、服のシワを直していく。卯月はいつの間にか私服に着替えていた。髪も寝癖が直っている。

「佐々木さんのところに行くんだよね？　ちょうどよかった。家庭菜園で採れた野菜、おすそわけしようと思ってたから」卯月の母が言った。着替えさせたのも、寝癖を直させたのも、たぶんこのひとだ。

「まだ行くなんて言っていない」卯月が答えた。

「大丈夫よ」

野菜の入ったビニール袋を渡しながら、卯月の母が彼女に、そっとささやく。

「お母さんは知ってる。ちゃんと大丈夫。川島くんだってついてくれる」

「大丈夫って、なんでわかるの」

「いいから行ってきなさい。あんたの荷物はまとめて置いてあげる」

「勝手なことしないで。私はもうここに暮らす」

「袋のなかのキュウリ、食べていいから」

「食べないし」

　母親に押されて、卯月が隣に並ぶ。一度目が合い、彼女は先に歩き、門を出ていく。あとを追おうとしたところで「よろしくね」と卯月の母親に小さく声をかけられた。うなずいて卯月のほうを振り返ると、もう姿がない。あわてて通りに出ると、テレポートしたのではなく、ただ単に歩くのが速くて進んでいただけだった。

　追いついて、歩幅を合わせたあと、そっと話しかける。

「卯月。お母さんの前だとあんな感じなんだな」

「う、うるさい」

「佐々木さんの家、知ってるんだな。よかった」

「野菜を届けるだけ」

「それと佐々木千華の住所を訊く」

「そんなの知らない」

　大通りに出る。僕が歩いてきた道を少し戻り、バス停に着く。これに乗って向かうらしい。漁師の男性の話を思い出す。いまいる家浦の他にも、いくつかのエリアがあるような口ぶりだった。そのどこかに佐々木祖母の家があるのだろう。

テレポートは使わず、バスを待つ。

「持ち主を返却するために僕らの旅は始まった。まだヘアピンを返していない」

「それが千華のだとは限らない」

「違うならそれでもいい。ほかのひとを当たればいい。だけど有力な候補の一人には変わりない。客観的に判断しただけだよ。きみの過去とは関係ない」

「うそつき」

「秘密が多いだけだ」

やり取りをしているうち、バスが着く。地元の住民と、観光客らしきグループが半々ずつ乗っていた。すぐにわかったのは明らかに空気が違うからだ。年齢によっての判別もできるけど、僕も含めてよそ者というのは、何か雰囲気が違う。着ている服や会話の内容、物腰、それから窓に流れる景色を見ている時間の長さ。

バスに乗っている間、僕は通りの自然や、左手にあらわれる海に視線を向けていた。卯月は袋のなかのキュウリを一本かじっていた。食べ終えるころには目的のバス停についていた。地元住民の列に並び、僕らもバスを降りる。観光客はそのまま乗っていた。

「硯」彼女が答えた。

「それがここのエリアの名前？　さっきの家浦よりも静かだね」

「美術館とかレストランが多いのは、もっと進んだ先。みんなそこに行く」

「そうなのか。ところで佐々木さんの家はどこに？」

「五分くらい歩く。平坦な道」

案内されるままに卯月のあとをついていく。建物や民家の陰から海が見えたが、それとは逆方向の路地に入っていく。歩き慣れているのか、卯月の足取りは軽い。僕はとつぜんの急斜面に驚きつつ、体力を消耗していく。

「何が平坦な道だ。坂道がきつい。きみのほうこそ、うそつきだ」

「秘密が多いだけ」

やり返される。卯月のそういう、好戦的というか、調子の良い態度を見るのは初めてかもしれない。自分の住んでいるところでは、ひとの雰囲気も少し変わる。もしくはこれから向かうところが、卯月に動揺を与えているのかもしれない。

斜面を登った先に、佐々木千華の祖母の家はあった。木造平屋建てだ。庭が広い。いつかこういう家に住みたいと思う。

「ヘアピンを持ち主に返しても、私はマンションにはもう戻れない」

「公園での暴走があったから？」

「そう」

「テレビのワイドショーはとっくに話題を変えてるよ。みんな日々、何かを批判するのに忙しいから」

「関係ない。私はまた失敗する」

応えようとしたところで、ふと、斜面を登ってくるお年寄りの女性が見えた。卯月の顔がこわばるのを、僕は見逃さなかった。佐々木千華の祖母だ。買い物用のシルバーカートを押して、登りきったばかりだというのに、僕よりも力強い足取りで向かってくる。日よけのためか、登山用の帽子をかぶっていた。佐々木祖母は家の前に立つ僕らに気づく。卯月に目をやると、ほほ笑んできた。

「稔ちゃん。久しぶり」

「あの、これ、野菜です」

「ああ。お母さんからね。ありがとうね。ところで千華にはもう会えた？」

「え？」

こちらから質問する前に名前が出て、僕と卯月は思わず目を合わせる。卯月はとっさに出てしまった自分のリアクションをすぐに隠し、関心がないような口調でこう返す。

「どうしてですか」

「この前、帰ってきたときに、稔ちゃんのいまの家の場所を知りたがってたから。それであの子、稔ちゃんのお母さんに会いに行ったのよ」

「お母さんに？　千華が？」

卯月のお母さんが、大丈夫よ、とささやいていたのを思い出す。あのひとは佐々木千華と会っていた。卯月がここに帰ってくるよりも前に。そして佐々木千華は、卯月の住所を聞こうとしていた。卯月の母親は場所を答えたのだろうか。きっとそうだ。

だけどそれなら、あのマンションに佐々木千華があらわれないのはおかしい。もしくは会おうとしたが、タイミング悪く再会できなかったのか。

そこまで考えて「あっ」と思わず声が出る。卯月が見てくるが、目をそらす。

心当たりがあった。重要な見落としをしていた。というより、なんでもないと思っていた出来事が、今になってとても大きな意味を持ち出していた。過去は僕らに手がかりを残していたのだ。

卯月がシルバーカートから買い物袋を出し、玄関に運ぶのを手伝っていた。僕もカートを運び、玄関にしまうのを手伝う。

「私は千華とは会っていません。もうずっと」

「そうなのね」佐々木祖母が答えた。

卯月の立場からすれば、不慮の事故とはいえ、自分が被害を与えてしまった相手の親戚にあたる。だけど出会ったときから、そのような空気をいっさい感じない。卯月も緊張をといて、普通に会話をしていた。どこまでいってもこれは、卯月稔と佐々木千華の問題であることを、佐々木祖母は理解している。

卯月が切り出さない代わりに、僕が口を開いた。

「僕らは佐々木千華さんに会いたいと思っています。彼女がいま住んでいる場所を、教えてほしいのですが」

「そうだね、ちょっと待っててね」

ゆっくりと、時間に囚われることなく、佐々木祖母は玄関をあがり、廊下の奥に消えていく。開けっぱなしの玄関から空気が入り、その影響か、部屋のあちこちから家鳴りが聞こえる。何回目かの家鳴りが繰り返されて、佐々木祖母が一枚のメモを持って戻ってきた。受け取ると、佐々木千華の住所が書かれていた。携帯の電話番号まである。

「あがっていく？　お昼はまだでしょう？」

「いえ、大丈夫です。お母さんが待ってるので」卯月が答えた。卯月の母親が彼女を待っているような約束はない。ここを離れるための口実だった。正直もう少し、佐々木千華についての情報や話が聞きたかった。

歩き出す卯月だが、家の前を離れようとしない僕に気づき、戻ってくる。大人しくついてこい、とその目が責め立ててくる。僕は卯月を無視して、佐々木祖母の前にヘアピンを出した。

「これ、何かわかりますか?」

佐々木祖母が近づき、僕の手からヘアピンをつまむ。分厚く、シワが深く刻まれた、神様みたいな指だった。

ひとしきり眺めたあと、佐々木祖母は思い出したように、こう答えた。

「千華がつけてたよ。つい最近」

バスを待つ間、会話はなかった。バスに乗ったあとも卯月は考え事を続けていた。帰りは海を右手に見て、行きに乗ったバス停と同じ場所で降りた。しかし彼女の足は卯月家から遠ざかっていった。僕は大人しくついていく。

ヘアピンの持ち主はわかった。やはり佐々木千華はヘアピンを捨てていなかった。卯月の知らないところで、校庭に投げ捨てたそれを回収し、今日まで持ち続けていた。いま、僕らの手元には佐々木千華の住所が書かれたメモがある。持ち主と居場所、その二つの情報がある。

いままでやってきた持ち主返却であれば、達成はすぐそこだ。でも今回は違う。卯月と佐々木千華にはパーソナルな問題がある。それも深く、根強く。

ヘアピンに施(ほどこ)された加工を見つけたとき、僕はいい口実を得たと思った。校庭に落ちていたものではなく、誰かの手によって保管されていた確かな証(あかし)。佐々木千華が持ち主である仮説は立てたが、正直、半信半疑だった。佐々木千華でなくてもいいとさえ思った。あくまでも、卯月と佐々木千華を結び合わせるきっかけになればいいと考えていた。

だけどヘアピンは、本当に佐々木千華のものだった。それはいったい、どれくらいの確率なのだろう? 世界中をアトランダムに飛び回り、現地で触れたものを持ってきてしまう力の暴走。卯月はこの地球上の一地点である、佐々木千華の部屋に飛び込み、ヘアピンに触れた。

早朝に起きて、在来線と新幹線を乗り継ぎ、港へ向かい、フェリーを経由し、この島についた。僕らはヘアピンの持ち主と住所をつきとめた。ここから先、どうするかは卯月しだいだ。だから彼女の答えを待つ。いま歩いている卯月の行き先に、その答えがあるような気がしている。

　いくつかの通りを折れて、たどり着いた先にあったのは、学校だった。

　卯月は躊躇せず校門をまたいでいく。いま通っている高校とは、どれもひとまわり設備のサイズが小さい気がする。

　校舎の間を抜けて、僕たちは校庭に着く。まわりは山々に囲まれている。どこかから、土と煙の匂いがする。田んぼで野焼きをしているのかもしれない。

「やけに学校が静かだ」

「今日は午前授業で終わりらしいから」

「そんな日があるのか」

「島の行事とかで休みになる日もある。生徒が十数人くらいしかいないから」

　校庭を進んでいく。パンクしたままのサッカーボールが隅に転がっていた。雑草の手入れは完璧とはいえない。けど生徒たちが、ここで日々体育の授業をしている姿が想像できた。ひとの痕跡が息づいている。そして卯月もいた。佐々木千華と登校し、授業を受けた。部活動に入った。二人はささいなことで言い争いになり、そして事故が起こった。

「ここ」

卯月が立ち止まる。

「ちょうどここ。この場所で、千華の体をつきとばした」

飛んだ体はあそこに落ちた。そう言って彼女は校庭の一角を静かに指さす。自分を戒めるみたいに。傷口のかさぶたをゆっくりはがし、その痛みを味わうように。彼女にとっては、必要な痛みなのかもしれない。

「ヘアピンもここで渡した。千華はあっちに投げた。確かに捨てたと思ってた」

「でもここにある。めぐりめぐって、いま、僕らの手元にある。これは佐々木千華のヘアピンだ」

島で一番仲の良かった友達に拒絶され、離れ離れになったあと、卯月は力を暴走させるようになった。

それは、自分の力が害悪になると思い、抑え込み、溜めこんでしまったとき。

そして夢のなかに佐々木千華があらわれ、過去を再現する悪夢を見たとき。

持ち主返却の旅は対症療法だった。すべてを返し終えても、解決したことにはならない。卯月が力を暴走させる直接の根元と向き合わない限り、暴走は続く。そのたびに彼女は苦しむ。自分を追い込み、他者との違いに自信をなくしていく。

「いつも思う。どうしてあんなことになっちゃったんだろう。どうして力を使ってしまったんだろう。突き飛ばさなければ、言い合いにならなければ。私が千華の言葉をちゃんと聞いていれば。いらついたりしなければ」

卯月がこぶしを握る。

気持ちが痛いほど伝わってくる。たったひとつの失敗が、いつまでも頭を離れない。体を血液がめぐるように、記憶が循環し、心を苛む。

失敗の記憶はやがて劣等感を生む。

あのひとが当たり前のようにできることが、自分にはできない。他人が過ごしている、なんとも思っていないその日常が、たまらなくうらやましい。価値を感じていないなら、自分によこせとすら思う。

こんなハンデいらない。いまの自分に価値はない。特別なことなんて、何も嬉しくない。卯月だけじゃない。それは僕自身がずっと思ってきたことだ。

部屋にアザラシがあらわれて。彼女と関わりを持った。

自信をもってくれたら、と持ち主返却の旅を始めた。

浮かべる表情の種類が、少しでも変わってくれたらと思った。

ひとと違う僕らにもちゃんと、何かを求める権利があるのだと。

そして、卯月を助けているつもりになりながら、いつしか僕は、自分自身との問題にもぶつかっていた。

「怖いの」

卯月がつぶやく。

「考えると、怖い。もしまた拒絶されたら？　ぜんぶが勘違いだったら？　千華のにらんでくる顔が忘れられない。あれをもう一度向けられたら、私は一生、立ち直れない」

その姿が。

一瞬、ブレる。

世界の仕組みに誤作動が起きたみたいに、彼女の立っている位置が数ミリほど変わる。

僕はそんな光景を前にも見ている。

「また失敗するかもしれない。そんなの嫌だ。怖い。怖くてたまらない」

卯月の感情に呼応するように、姿が消える頻度が早くなる。彼女という存在が、点滅を始める。

やがて近くに何かが落ちてくる。かさ、という軽い音が鳴る。木の枝だった。先端には実をつけている。オリーブだ。見つめているうち、さらにレモンが落ちてきた。島にある農産物だろう。

自分の起きている状況に気づき、卯月は怯える。公園での出来事の繰り返しだ。また暴走し始めていた。

　僕は卯月に近づく。

「こないで！　危ない！」

　止まらない。

　前は怯えた。どうすることもできなかった。だけどいまは違う。

「川島くん！」

　近くに椅子と机が落ちてくる。学校の備品の一部だろう。地面で跳ねた椅子の一部が体に当たった。それを見た卯月は反射的にしゃがみこみ、うつむいてしまう。でも、少しも痛くなかった。

　わずかにのぞく卯月の顔は、いまにも泣きそうな表情を浮かべていた。それがすべての真実だった。僕にとっての動く理由だった。

　テレポートも、過去のことも、直観記憶も、トラウマも、自分の立場もすべて関係ない。答えは単純だ。女の子が泣きそうになっているのに、それを放っておけない。だからここに来た。

　今度こそ、支えになると決めたから。

「卯月。大丈夫だ」

彼女の腕に触れると、指で伝い、その手に触れる。卯月が、はっと顔をあげる。前髪に隠れていた瞳があらわになる。あっけにとられ、僕を見つめてくる。彼女の意識が僕に集中しているのがわかった。

空間のなかでブレていた卯月の存在が、ぴたりと安定する。彼女を世界にとどめる。飛んでいってしまわないよう、その手をつかむ。

乱れた心臓の鼓動が治まるように、瞬間移動の暴走が完全に消える。ものは、もう落ちてこなかった。

「怖いなら、そばにいるよ」

普通のひととは少しだけ違う。

そんな僕らの弱点は、単純だった。

一人きりになってしまうことだ。

「僕はきみの努力を知ってる。誰も知らないところで、ちゃんと頑張っているのを知ってる。泣きそうになるとき、必死にこらえるのを知ってる」

きみが辛くなれば、僕も苦しくなる。

きみが笑えば、僕も笑い出したくなる。

そういう相手を、きっと誰もが求めている。

「罪悪感と戦いながら、飛び続けているのを知ってる。自分の力の使い道を、探し続けているのを知ってる」

卯月の頬に流れる涙を、指で拭う。もたれかかる体を支える。彼女が泣くのを初めて見た。声をあげて泣いていた。

僕はその手を離さない。中学のとき、それが誰かにしてほしかったことだった。そばにいる。そこに居続ける。大丈夫だよ、と肩を抱く。

涙が乾くのをゆっくり待った。体はまだ少し、震えていた。

「きみはもう、自分の贖罪にさようならを言ってもいいはずだ」

「私、できるかな」

「きっとできる」

「自信がない」

「できなくても、僕がいる」

もしも卯月が今回のことを解決できたら、僕も前に踏み出そうと思った。クラスではいまごろ文化祭の準備をしているだろう。クラスの誰か一人でもいい、声をかける。そして言う。自分も手伝わせてほしいと。まずはそういう小さなことから始めようと思う。

僕らはゆっくり立ち上がる。

「さあ、最後の持ち主返却だ」

港近くのレストランで食事をとり、フェリーがやってくるのを眺めていると、準備を済ませた卯月がやってきた。彼女は一度家に戻っていた。僕はその間にフェリーのチケットを買っておいた。テレポートは使わない。

「お待たせ」

「お母さんはなんて？」

「いってらっしゃいって」

「そうか」

「荷物はあとで取りに戻る。多いから」

「それがいい。フェリーもちょうど来たみたいだ。行こうか」

準備といっても彼女の服装はほとんど変わっていない。荷物もなく手ぶらだった。いつも通り、シンプルな卯月らしい。

フェリーに乗り込み、船内の席に二人で座る。島の滞在時間は三時間ほどだった。結局、アート施設が充実しているという地域には行けなかった。今回は目的は違うので仕方がない。次に来るときは、蓮野も連れていこうと思った。きっと喜ぶだろう。三人で島をめぐれば楽しそうだ。蓮野と卯月は、いったいどんな会話をするだろうか。

フェリーは水面を跳ねながら進んでいく。外ではカモメが飛んでいた。行きのフェリーでは見られなかった光景だ。

タイミングを見計らって、僕はあることを明かした。

「卯月の背中を押す、というわけじゃないけど、佐々木千華について僕にもわかったことがある」

「わかったこと？」

「佐々木千華の祖母が言っていただろ。彼女が卯月の住所を聞いていたって。住所を知った佐々木千華は、おそらく僕らのマンションに来ていたんだ」

「どうしてわかるの？」

「何週間か前、母さんが言っていた。マンションに女性の不審者があらわれたって。掲示板にあったチラシを持って見せてきた。僕はそれほど重要なことでもないと思って、いままで見過ごしてきた」

「そんなの知らなかった」

「公園の事件が起きたあとも、母さんがまた不審者があらわれたって騒いでた。たぶん、佐々木千華は二回マンションに来ている」

そして運悪く、二回とも卯月とは会えなかった。インターホンを押しても応答しない。僕らが持ち主返却に飛び回り、留守にしていたのか、それとも学校に行っていたか、理由はわからない。

佐々木千華のいまの家は岡山県にある。神奈川まで行くには相当移動費もかかっただろう。僕が今日、朝から身をもって体験していることだ。二往復分もすれば、高校生の貯金はあっという間に尽きるはずだ。

「そっか。来てたかもしれないんだ、千華」

「会ったときにその話もすればいい」

フェリーが速度を緩め始めた。そしてアナウンスが流れ、まもなく宇野港に到着すると告げてくる。僕らは対岸を渡る。

港から徒歩で駅まで移動する。朝も見た魚のオブジェはまだそこにある。

在来線に乗り、二〇分ほど揺られる。気づくと僕は眠ってしまっていた。卯月は肩を貸してくれていた。

目的の駅に着き、降りると潮の香りはもうなくなっていた。東京の住宅地と言われれば信じてしまいそうなたたずまいのロータリーにでる。

地図アプリのナビに表示されたとおりに順路を進む。補助輪付きの自転車を返しに行った帰り、こうして知らない住宅街を卯月と歩いたのを思い出す。帰りに彼女はひとの命を救った。

通りを歩いていると公園が見えてくる。それは僕らが目印にしているものだった。この近くに佐々木家があるはずだった。

アプリを閉じて携帯をしまう。一軒いっけん、並ぶ家の表札を眺めていく。佐々木という表札を見つけたのは彼女のほうだった。

「ここだ」卯月がつぶやく。

「そうだね、着いた」

「どうしよう」

「まずはインターホンを押すんだ。僕がいつも、きみの部屋にくるときにしているみたいに。ほら、そこにある」

「インターホンを押す」

確認するまでもない動作をわざわざ説明する。卯月は僕の言葉を反復する。それを初めて目撃したみたいに。はたから見れば僕らの会話は、あまりに無駄なものに見えるけど、彼女には必要な時間だった。無駄とは、決して無意味というわけではない。

「千華が出てきたら、どうしよう」

「話をする」

「どんな話を？」

「なんでも。思ったことを口にすればいい。いきなり本題に入ってもいいし、昨日食べた夕食の話をしてもいい」

「川島くんは、どうするの？」

「そこの公園で待ってるよ。邪魔になるだろうから。大丈夫、ゆっくりでいい」

卯月が深呼吸する。インターホンはまだ押されない。佐々木千華もこんな風に、僕らの住むマンションまでやってきたのだろう。そしてあまりにも長く滞在しすぎて、不審者扱いまでされてしまった。まだ会ったことはないけれど、不器用なところは二人とも似ているのかもしれない。

意を決して、卯月がインターホンを押す。指の強さに反して、やけに弱く、淡い音が鳴る。インターホンのマイクから、「はい」と女性の声が返ってくる。数秒の間が空いて、彼女があらためてインターホンに近づき、「卯月です」と答えた。マイクから答えはなかった。待っていると、玄関のドアが開いた。

　あらわれたのは、制服を着た女子だった。髪は卯月よりも短い。着替える途中だったのか、ソックスを履(は)いていなかった。

　ドアを半分開いた状態で、女子は卯月を見て固まっている。卯月も口を小さく開けたまま、女子から目を離さない。お互いが話し出すのを待っていた。

「ち、千華」

「……稔」

　互いの名前を呼びあい、そこにいることを確認する。言葉が手となり、それぞれの体にそっと触れあうような、そんなぎこちないやり取り。

「いまテスト期間で、学校が早く終わったの。だ、だから制服、着てた」

「そっか」

　数秒の間が空く。たった数秒でも、何分にも感じられてくる。見ている僕の方が、もどかしくなってくる。だけどここで叫んだり、煽(あお)ったりするようなことは、絶対にしない。してはいけない。いま、ここは二人の場所で、二人の時間だった。

「千華のおばあちゃんに会ってきた。さっき」

「げ、元気だった？」

「うん。野菜を、届けた」

また会話が止まる。僕は卯月の背後から、そっとヘアピンを彼女の手に当てて、握らせる。彼女にとって小さなそれは、もしかしたら結婚指輪よりも、告白の手紙よりも、バレンタインのチョコよりも重量のあるものだ。

「家、あがる?」佐々木千華が言った。それがタイミングだと思って、僕はその場をゆっくり離れようとした。

卯月が一度、許可を得るように振り返ってきた。静かにうなずいた。自分でできる、最大限のやさしい笑みを浮かべるように努めた。卯月は佐々木家の敷地内に入り、そのまま家のなかに消えていく。

玄関のドアが閉まると、僕は公園のほうに向かって歩いた。近くに自販機があり、そこでお茶を買った。公園のベンチのひとつに腰かけて、時間をつぶすことにする。ペットボトルのふたを開けて一口飲むと、それで止まらず、結局半分以上を飲み干した。気づかない間に僕も緊張していたのかもしれない。

佐々木家のなかでどんな会話が交わされているのかはわからない。どちらにしても、僕の役割は終わった。このあとどうなるか、どういう選択をたどるのか、それはすべて卯月しだいだ。

　二人は明るく笑い合っているかもしれない。もしくは、涙がでるほど怒鳴り合っているかもしれない。会いに行けなかったことを謝っているかもしれない。最初に見たまま、まだぎこちない状態が続いているかもしれない。とっくに緊張はほぐれて、自分たちが会わなかった間の時間、何をしていたか、語り合っているかもしれない。

　どんな結果になっても、僕は卯月を支持する。過去と向き合う、彼女の勇気を誇りに思う。誰かがつまらないことで彼女を非難しても、僕は味方であり続ける。どんなやつがあらわれても撥ねつけてやる。お前らに彼女を評価する資格なんてない。

　どれくらい時間が経っただろう。わからないが、不思議と焦る気持ちはなかった。いちいち携帯を出して時刻を確認することもしなかった。やけにこの公園が落ち着くと思って、よく観察すると、遊具の場所や植え込みの位置、ならぶ木々の形が、僕たちのマンションの前にある公園とそっくりだった。不思議な縁だと思った。うたた寝をして起きたら、マンションの前だと勘違いしてしまうかもしれない。

　電話がかかってきて、確認すると、母親だった。佐々木家の玄関を見つめながら、電話にでる。

「もしもし佐久、いまどこにいるの？　制服とかばん、家に置きっぱなしだけど」

「岡山県にいる」

「はあ？　何それ？　青春の暴走？」

「詳しいことはあとで話す。とりあえず、マンションの不審者の件はもう大丈夫」

「ちょっと意味がわからない」

「あ、ごめん、もう切る。劇的な瞬間を見逃してしまうから」

　クライマックスに立ち会うために、電話を切る。玄関のドアが開き、卯月と、見送る佐々木千華が出てきた。お茶を飲み干し、自販機のそばのゴミ箱に捨てる。僕は佐々木家の前に戻る。

　たどりつく間、卯月と佐々木千華は笑い合っていた。卯月が何か面白いことを言ったのか、佐々木千華が彼女の肩に触れ、さするのが見えた。もう少しだけ時間を置こうかと思ったけど、卯月がこちらに気づいてしまった。手を振ってきたので、振り返す。

「話は終わった？」

「うん、ありがとう」卯月が答える。

　佐々木千華が僕を見る。彼女はやさしい表情をしている。なぜかお辞儀をされた。空気を読んで、僕もならい、返した。

「マンションを騒がせてしまったみたいで、ごめんなさい」

「大丈夫。不審者よりももっとすごいのが横にいる」

答えると、佐々木千華が笑った。卯月もすぐに自分のことだと気づき、照れるようにうつむいた。

どんな会話があったかは、聞かないでおく。それは二人だけの秘密だろう。秘密のない人間はつまらない。人生を豊かにするのは、誰かと共有する秘密かもしれない。

卯月が玄関の門を出る。用事は済んで、あとは帰宅するだけ。

「じゃあ、千華。また」

「うん、ありがとう」

答えたあと、思い出したように、佐々木千華が続ける。

「そうだ。これは稔がつけなよ」

彼女が出してきたのは、貝殻のついたヘアピン。僕らが返しにきたものだ。持ち主である佐々木千華は、卯月に近寄り、そのヘアピンを前髪につける。

ずっと隠れていた前髪がきれいに留められて、眉の形や瞳がはっきりわかるようになった。とてもよく似合っていた。

「いいの？　千華」

「それは稔に必要だから。目はちゃんと出しておいた方が可愛いよ」

あるべき場所に、あるべきものがおさまる。最後の持ち物返却は、卯月が譲り受けるという形に収まった。これ以上ない結果といえた。風見さんの言葉を思い出す。ものは常に動き続ける。一か所にとどまることはない。

ヘアピンをつけた卯月とともに、道を歩く。歩幅を合わせて二人で並ぶ。彼女の表情をのぞこうとした瞬間、背後から声がした、

「ねえ、稔っ」

振り返ると、玄関の前で佐々木千華が立っている。彼女は世界に響く大声で、こちらに叫んできた。

「飛んで見せてよ！」

合図を受け取ったように。

卯月は跳ねるような笑顔を浮かべ、そして、走り出す。

気づけば手をつかまれていて、一緒に道を駆けていた。

速度をつけて、風に乗り、周りの景色を置き去りにする。

「行こうっ」彼女が叫んだ。

そして僕たちは。

飛び立つ。

そこは空の上だった。

眼下に街が見える。真横に雲がある。風が全身をたたいてくる。足は地面についていない。体が振り回される。縛るものが何もない。落下し続ける。

「うおお！　ああ、わあああああああっ！」

「あはははっ！」

戸惑い、悲鳴をあげる僕とは対照的に卯月は笑っている。声をあげて、解放されたように。縛るものはない。どこにでも飛んでいく。

「気持ちいいね、川島くん！」

「いや落ちる落ちる落ちる！」

一瞬後には、景色がまた変わる。

見下ろしていた街が消えて、代わりにあらわれたのは巨大な滝だった。テレビや本でしか見たことがない。ナイアガラの滝。毎秒二〇〇万リットルの水が流れ落ちるその轟音は、人生で初めて耳にする音だった。砕かれ、舞い上がる水の粒子が頬に当たる。服が濡れていく。圧巻だった。言葉が出てこない。

そしてまた移動する。

渓谷の間に広がる遺跡。かつての水路が遺跡中に広がる。苔むした地面。空中都市のマチュピチュ。世界遺産。信じられない。なんてこった。

まばたきをする間にさらに飛ぶ。

視界の隅に巨大な時計塔が見える。ビッグ・ベン。ここはロンドン。川に落ちる直前で、体が引っ張られて、また飛びあがる。

巨大な建物が目に飛び込む。インド、タージ・マハル。

山脈と透き通る湖。音のない絵画のような世界。スイスのマッターホルン。

僕らは手をつなぎ続ける。

「あはは っ、とてもきれい！」

「頼むから絶対に手を離さないでくれ！」

解き放たれた卯月は、誰にも止められない。

そこは風車のまわるチューリップ畑、花の香り、オランダ。

顔の彫刻が目に飛び込む。乾いた空気、エジプトのスフィンクス。

荘厳なつくりの教会。世界一の工事現場。サグラダ・ファミリア。

丘の上にそびえたつ並ぶ石のモニュメント、ストーンヘンジ。

入り組んだ水路とレンガ色の屋根、白の外壁。ヴェネチア。

氷河地帯のペリト・モレノ氷河。

自然のつくりだした神秘的な奇岩風景、カッパドキア。

夜空を覆うオーロラ。どこかはわからない。時差を計算している余裕もない。

切り替わる。

次々と切り替わる。

瞼を閉じて、開けるたび、そこはもう別の場所になっている。

誰にも真似できない速度で、世界を回る。

「次はどこにいく？　ねえどこにいく？」

「お、落ち着いて卯月！」

そして足が地面につく。

卯月は走り続ける。僕も止まらない。

たまにくるりと回って、彼女はターンをする。その踊りに、必死についていく。

空と足元が同じ色をしていた。見たこともないくらい澄んだ青。建物の一切がない広大な大地に、薄く水が張っている。鏡の上を走っているようだった。ウユニ塩湖。海外の空の色は、日本よりも鮮やかでとても濃い。眺めていると、地平線の境がわからない。

一瞬後には石畳の道を駆けている。道沿いの店の看板はイタリア語で記されていた。通りに彫刻が建っている。フィレンツェかもしれない。

瞬きをすると、目の前にゾウがあらわれる。群れに囲まれていた。地面を蹴ると、土埃があがる。アフリカ。

足もとが砂に変わる。どこかの無人島。水が透明で、すぐ近くを泳ぐ熱帯魚が見える。カリブ海。ああ、もう、情報の処理が追い付かない。

飛ぶ。

飛ぶ。

飛ぶ。

飛びまわる。

国境はない。

制約はない。

誰よりも自由な女の子は、僕の手を引き、駆け抜ける。

最後にたどりついたのは、僕らの住むマンションのすぐ近くにある、名前のない小さな山だった。頂上は芝生が整備され、寝転ぶことができるようになっている。平日午後の時間帯に、僕らは芝生を二人占めしていた。

走りきった卯月は息を切らしながら、それでも充実したような笑顔を浮かべる。それを見て、僕もこらえきれず、笑い出す。笑い声が重なる。とまらなかった。自分からこんなに大きな笑い声が出るとは思わなかった。

「ありがとう、川島くん」

「いいよ。僕はそばにいただけだ」

風が吹き、彼女の髪を撫でる。前髪にはしっかりとヘアピンが留められている。よく見ると、卯月はきれいな眉の形をしていた。まつ毛が意外と長かった。新しい発見が、これからもあるだろう。

「私、この力を誰かのために使いたい。たくさん迷惑をかけたから。その分、誰かのために役立てて、償いたい」

「卯月ならできるよ」

「これからも迷惑をかけるかもしれない。ささいなことで暴走するかもしれない。もしそうなったら、ちゃんとひとに頼りたい」

「うん」

「よかったら、川島くんに、助けてほしい」

「もちろんだ。僕にできることなら喜んで」

それが卯月の見つけた答えだった。

振り回されてきた自分の力の、使い道だった。

誰かを助けるテレポート。迷惑をかけたぶん、その償いのために。

たまに暴走することもあるだろう。目もあてられないようなみじめな失敗を、この先も犯していくだろう。でもそれで絶望することはない。助けられる誰かがそばにいる。これからはそれを証明していく。

僕も変わらないといけない。ひとを区別し、狭くなってしまったこの視野を、少しずつ広げていきたい。普通も特別もないこの世界で、自分の立ち位置と向き合う。そうやって彼女に恥じない人間になりたい。世界と向き合い、眺めてきた卯月の横で、胸を張れる自分でありたい。

「地球って広いね」卯月が言った。

同じ景色を眺めながら、僕も答える。

「ああ。本当に広い」

エピローグ

マンションに帰ってきて以降、卯月は自分の心に約束した通り、ひとのために力を使い始めた。具体的には近所のひとたちを助け始めた。

エントランスの前で重そうに荷物を持っているお年寄りがいれば、代わりに飛んで運んだ。迷子になった男の子がいれば、自宅まで飛んで送り届けた。木の上で下りれなくなっている猫を助けた。ごみ捨て場を漁るのに夢中になって、車に轢かれそうになったカラスを空へ運んだ。

彼女の力は、世界の大きな物事を解決することもできるかもしれない。あらゆる人命を救うことができるかもしれない。でもいまは、自分のまわりの小さな幸せをつくっていくことに決めたようだった。

世界中を自由に飛び回ったあの日、卯月は自分のなかで折り合いをつけて、とても上手な着地点を見つけたようだった。

そして、僕も。

教室のドアの前で一度立ち止まる。深呼吸をして、それでも足が進まず、仕切り直す。卯月が佐々木千華の家に入っていく姿が、僕の背中を押す。一歩踏み出し、そこからは止まらず、文化祭の準備をしているクラスメイトたちに話しかける。

「あの……」

「うん？」

数人が振り返ってくる。クラスの出し物はドーナツ・カフェに決まったそうだ。いまは店のメニューや内装に使う段ボールの加工を仕上げている最中だとわかった。彼らは高校生で、そして僕も高校生だ。

「よければ何か、手伝わせてくれないかな」

「え、ほんとに？　いいの？」

男子の一人が気楽な口調で返事をしてくる。心が一段階軽くなったような気がした。想像していたよりも、ずっと自然な反応だった。

「そしたら、買い出しを頼んでもいいかな」女子の一人が言った。ちょうど男子たちは外出する予定だったようだ。

「よろこんで」僕が答えた。

「助かる。ありがとう」

　こんな風にあっけなく、普通に会話ができるなんて、知らなかった。どうしてもっと早く、こうしなかったのだろう。簡単なことだったのに。決意すればあとは早く、道はちゃんと用意されていたのだ。

　文化祭当日も、僕は店番をしてクラスの手伝いをした。いますぐに全員と友好を深めるとか、そういうつもりはない。つながる権利も、つながらない権利も僕にはある。それを選ぶのは自由だった。少なくともいまは、選択肢（し）を広げている最中だ。

　店番をしていると、蓮野（はすの）が面白がり、携帯で何枚も写真を撮ってきた。

「エプロン似合ってるよ」

「うるさい。写真撮り過ぎだ」

「スケッチの材料にしてるだけ。あと勝手に豊島（てしま）に行ったやつあたり」

「あのあたりはアートの島って言われてるらしいな」

「行きたかったのに！」

「フェリーも快適だったぞ」

「いいよ、稔（みのり）に連れていってもらうから。旅費はゼロ」

蓮野の口から当たり前のように「稔」という名前が出てくる。こんな光景も、想像していなかったことのひとつかもしれない。

あれから蓮野にも卯月の正体を知らせた。中庭の奥、いつもの掃除（そうじ）場所に卯月を連れていった。彼女は蓮野の前で姿を消し、一瞬で校舎の屋上に移動するところを披露した。

事前の予想やヒントがあったからか、蓮野は僕よりもずっと早く事態を受け入れた。受け入れるどころか、その日のうちに卯月に頼み込み、彼女はずっと行きたかったという、アイスランドのレイキャビクに連れていってもらっていた。そしてグランドキャニオンを堪能した僕と同様、最近は味をしめて、会うたびに卯月に交渉をしている。卯月もなるべくフェアであろうとするので、簡単には折れてくれない。

そして二人は打ち解けるだけではなく、同じ秘密も共有しているようだった。卯月と蓮野が対面した日、僕を外して二人きりで話す時間があった。示し合わせたように校舎の裏に隠れて、それから数分したあと戻ってきた。二人は頬（ほお）を少し染めていた。何を話していたの？　と聞いても、二人はお互いに目を合わせるだけで、答えてくれなかった。

「この前のあれ。結局、僕には内緒なのか」

「誰か一人にだけ明かさずに済む相手を選べるなら、あたしも稔もあんたを選ぶよ」

ドーナツをかじりながら、蓮野は得意げに語る。牙城は簡単に崩せない。

「でも僕は、卯月のことについてきみにヒントを与えたじゃないか。ひとつくらい、何か明かしてくれてもいいだろう」

「それじゃあひとつだけ。乙女が二人でいるときは、たいてい、協定の内容について語り合っていることが多い」

「協定？　なんだそれは」

「佐久にはわからないよ」

乙女の協定だよ、と、蓮野は繰り返すだけだった。

朝食を済ませて、登校の準備をするために部屋に戻ると、携帯が振動した。確認すると卯月からのメッセージで、そこにはシンプルな一言があった。

『助けて』

あわてて玄関を出て、外廊下を走る。エスカレーターのボタンを押すが時間がかかり、階段で七階を目指す。

卯月の部屋の前に立ち、インターホンを押すより早く、ドアノブに手をかける。予想通り鍵（かぎ）が開いていた。そろそろセキュリティを学んでほしかった。

靴（くつ）を脱いでリビングに向かう。彼女の名前を呼ぶが、返事がない。部屋の空気がわずかに埃（ほこり）っぽく感じた。その正体が、目の前に広がっていた。

リビングには、一面にものがあふれていた。

大小さまざま。法則性も、統一性も、まったくない。なかでも一番目立っているのは歯医者の広告看板だった。持ち主返却を終え、完全に片付いていた部屋が大変な有様になっている。

卯月はリビングの真ん中に立っていた。話しかけようとすると、目の前を何かの獣が横切っていった。よく見るとカピバラだった。世界最大のげっ歯類。短い茶色の体毛。触れば固そうな背中。

「カピバラが部屋にいる」

食事中に連れてこられたのか、口のなかを動かしている。一歩進むたび、フローリングの床が爪でこすれる。かちゃ、かちゃ、という音が部屋に響く。カピバラは突然の瞬間移動にもマイペースをつらぬき、僕らのほうを見向きもしない。

「ゴキブリがあらわれたの」卯月が言った。

「ゴキブリが暴走の原因?」

「この部屋で見たの、初めてだから。動揺して、思わず」

「とりあえず、退治はできたんじゃないかな」気休めにそう答えた。きっと、何かのものの間でつぶれているだろう。

卯月がうつむく。前髪はヘアピンで留められているので、表情がよく見える。以前のように罪悪感に押しつぶされているという風ではなく、恥ずかしいところを見られて、照れているような姿に近かった。

「手伝ってくれる？」

「いいよ。もちろん」

「ありがとう」

「お礼はギリシャのミコノス島でいいよ」

「善処する」

何かと比べて落ち込みながら。

誰かの意見に振り回されながら。

いわれのない批難を浴びながら。

そしてときに励まされながら、最後には自分で考えて、答えを出す。そうやって僕らは、大勢のひとのなかで生きる自分を見つけていく。

たまに過去から風が吹いてきて、頬を不快に撫でるかもしれない。そんなときは、体の向きを少しずらして追い風に変えてやろう。

あふれるものの間を踏み越え、リビングの中央で待つ卯月のもとへ向かう。カピバラが僕らをじっと見つめている。気を取られてよろけると、彼女が手を伸ばし、体を支えてくれた。

「はじめようか」

「お願いします」

今日はどこに飛ぼう。

（了）

参考文献

○『箱男』安部公房　新潮文庫
○『サピエンス全史　上下　文明の構造と人類の幸福』ユヴァル・ノア・ハラリ　柴田裕之訳　河出書房新社
○『フェイクニュースを科学する　拡散するデマ、陰謀論、プロパガンダのしくみ』笹原和俊　化学同人
○『ポリヴェーガル理論入門　心身に変革をおこす「安全」と「絆」』ステファン・W・ポージェス　花丘ちぐさ訳　春秋社

※この作品はフィクションです。実在の人物・団体・事件などにはいっさい関係ありません。

集英社オレンジ文庫をお買い上げいただき、ありがとうございます。
ご意見・ご感想をお待ちしております。

● あて先
〒101-8050　東京都千代田区一ツ橋2-5-10
集英社オレンジ文庫編集部 気付
半田　畔先生

さようなら、君の贖罪

2020年5月25日　第1刷発行

著　者　半田　畔
発行者　北畠輝幸
発行所　株式会社集英社
〒101-8050東京都千代田区一ツ橋2-5-10
電話【編集部】03-3230-6352
【読者係】03-3230-6080
【販売部】03-3230-6393（書店専用）
印刷所　図書印刷株式会社

※定価はカバーに表示してあります

ISBN 978-4-08-680321-2 C0193

奥乃桜子

神招きの庭

兜坂国の斎庭は、神々をもてなす場。
綾芽は、親友の死の真相を探るため
斎庭を目指して上京した。
王弟の二藍に、神鎮めの力を見いだされ
二藍付きの女官となるが、
国の存亡をゆるがす陰謀に巻き込まれ…。